FLORET
READING
小花阅读
我们只写有爱的故事

时光很长，

一年四季，一日三餐，朝升暮落。

姜芽希望以后予她开心的是余斯燃，

一起吵闹的是他，一起白头的也是他。

Ta zong ai zhao re wo

他总爱招惹我

言姝/著

贵州出版集团
贵州人民出版社

言 姝

Y A N S H U

非典型狮子座。

不开原声就跑调的懒癌作者。

喜欢星空和天马行空。

希望永怀善意，不失天真。

Z U O Z H E J I A N J I E

目 录

TAZONGAIZHAOREWO

目 录

TAZONGAIZHAOREWO

Chapter 01

同学，你会背《咏鹅》吗

1.

九月天，开学伊始。南洲大学的樱花广场极为热闹，刚入学的新生们一个个都怀揣着对各种社团的好奇心，穿梭在各个摆点。

“你好，请问是许梦诗同学吗？这是……”一个高个子男生轻轻地拍了拍前头女生的肩膀，另一只手上拿着一个浅蓝色的信封。

姜芽正纠结着待会儿要不要多买几杯奶茶带给新室友，冷不丁地被人拍了下肩膀，整个人犹如受惊的鸟，打了个哆嗦。

对方显然没有想到自己会吓到她，话语戛然而止。待姜芽转过身，第一眼便看到递到眼前的浅蓝色信封。

“嗝，你是不是，嗝，认错人了？”姜芽接过信封，看了一眼上面的署名，抬头看向对方，一脸认真。

“糟了，又打嗝了。”她惊呼一声，急忙转过身去。一只手虚掩着嘴，然后深吸了一口气，再憋住，一会儿又再呼出。

“鹅鹅鹅！”高个子男生绕到她面前，激动地拉住了她的手腕。

忽然背什么唐诗？这个人真的是莫名其妙！姜芽一脸蒙地再次看向对方，然后整个人愣住了。

天大地大，她怎么都没料到再次和余斯燃见面竟会是这样一个情景。他给喜欢的人送情书，然后错认成她？这种事情发生的概率究竟有多小！

她来不及多想，下意识就想要跑。可是，下一秒，她的手腕却被余斯燃拉住。她定了定心神，尽量让自己保持冷静，抬头问道：“同学，你是不是又认错人了？”

余斯燃紧紧盯着她，手不曾松开半分，朝她笑了笑，像是忽然间明白了什么，问她：“同学，你会背《咏鹅》吗？”

姜芽心里一个“咯噔”，想起之前的事情，她都想朝余斯燃翻个白眼，可最后还是保持标准的“八颗齿微笑”回答：“同学，唐诗三百首，《咏鹅》是必背的一首，你随便拉个同学，都会背的呀。”

“哦？是吗？我正巧忘了，刚刚瞧同学读得甚好，不如教教我？”

姜芽表面笑嘻嘻，内心已经把余斯燃从头到尾吐槽了个遍：“同学，你先把手松开，我教你背。”

等到余斯燃的手一松，她脚底跟抹了油似的，不出几分钟，便逃离了樱花广场这个是非之地。

“余斯燃，你太不够意思了，帮我送错情书也就算了，竟然自己先勾搭上妹子了，还说说笑笑！把我孤家寡人一个丢在那儿，你这是见色忘友。”

尚嵘从一边的草地里走过来，啰啰唆唆地吐槽了他一通。

余斯燃瞥了他一眼：“你自己指的方向，送错了难不成怪我？还有，你哪只眼睛看到我们说说笑笑了。”

“我哪知道骷髅头的卫衣是他们社团的社服，而且女孩子又大多都爱穿黑色牛仔裤。”说到这里，尚嵘忽然话音一转，满脸促狭，“人家小姑娘都害羞地跑开了，你还敢说没撩人家？”

“我劝你还是把眼镜戴上。”

“你是在骂我眼瞎？”

“我可没说。”

另一边，姜芽一口气从樱花广场跑回了寝室楼，此时的她正扶着门直喘气。上一次这么拼命跑步还是初中的 800 米考试，不知道的人还以为后面有人拿着刀找她讨债。

“豆豆，你老实交代，你是不是借高利贷了？”大米停下正在键盘上噼里啪啦操作的手，给她倒了一杯水，笑着冲她开玩笑。

大米本名艾米，光听名字可能会觉得是个软妹子，可现实恰恰相反，她顶着一头干脆利落的短发，行事也颇像男生。开学刚见面那会儿，她还特别担心自己会被叫“小米”，毕竟这名字实在太软妹，完全和她的形象不符，不过好在大家都从她那一身朋克打扮看出了酷劲儿。

“我觉得比高利贷还可怕。”姜芽缩了缩脖子，事实上她还有点生气，可是又不敢刚见面就直接拽着人家领子问他当初为什么要骗自己。

没错，刚刚她一眼就认出他来了，那个大骗子！

“啊？”大米疑惑地看向姜芽，刚想问什么，手机铃声突然响起。大米拿起手机一看，猛地一拍脑门，迅速地关掉电脑，“我突然想起来，加减和饱饱还在超市等我们！”

姜芽被她的一声尖叫惊得手一抖，杯子里的水溅得老高，她急忙往后一闪，然后下意识地打了个嗝。

“去超市干什么？”

“大采购，饱饱听说军训的时候在鞋底垫块姨妈巾，脚就不会那么疼，所以她打算买一箱回来。”

饱饱本名乔暖暖，吃货一枚，入学行李一大半都是家乡特产，一进门连东西都懒得收拾，第一件事情便是边吃东西边发特产。而且，开学还没几天，她就已经把超市当成自己家了。

“哈哈哈，我也看到了这个！不过真的有用吗？”姜芽之前在网上胡乱搜了一通大学入学需要准备带些什么东西，以至于桌上现在摆满了一堆小物件。

20分钟后，大润发超市，姜芽站在一排货架前对着身边的饱饱使劲儿挤眉弄眼。因为她的身后站着一个男生，正对着一排“七度空间”愁眉不展。

“哎，饱饱，你看后面那个男生。他站这儿好一会儿了，该不会是变态吧……”姜芽压低声音，和饱饱咬耳朵。

饱饱放下手上的苏菲，掏出手机在聊天界面打字：“他估计也是买来垫鞋子的，据说很多男生都打算这样干。”

姜芽接过手机，删掉那行字：“那站这儿也太久了吧。”

“也许在纠结哪个更厚？要不要去帮个忙？”

“我不去。”

她刚把手机递还给饱饱，货架外的走廊上又走过来一个男生，应该是后面这个男生的同伴。

“和尚，你能不能快点挑！”

姜芽闻言，转身看过去，面色忽变。据说在这个世界上，一个人和另一个人相遇的概率是千万分之一。可是现在开学也就三四天，她就已经碰见了余斯燃两次，而且情景都不大对劲。

她条件反射般往最边上躲，还试图用货架上的东西挡住自己。

余斯燃似乎有所察觉，视线向她的方向投来。姜芽一慌，连忙告诉饱饱自己先去楼下等，然后伸出一只手挡住脸，快步往外走，结果却直接撞上了某人的胸膛。

“豆芽菜？”

姜芽一听，手一抖，手上的苏菲直接掉在了他的怀里，她来不及多想，立马转身，脚下跟生了风似的，一溜烟儿就到了电梯口。

谁是鹅鹅鹅？谁是豆芽菜？过了一个暑假，他把自己取的外号倒是记得很清楚。

等到饱饱她们采购完“鞋垫”来碰面的时候，姜芽还一脸纠结地站在一堆面包前，手上有一下没一下地抠着包装袋。

饱饱一脸八卦地凑过来同她讲：“刚刚你撞到的那个男生向我要你的电话了，我义正词严地拒绝了他！”

姜芽听着开心了，正想夸一句“干得漂亮”，然后，饱饱的一个“但是”像一盆凉水紧接着泼了过来。

“但是，大米报了你的微信！”

姜芽打开微信，看着通讯录处那个鲜红的“1”，一头乱麻。

2.

“你说太阳是不是忘了交接工作，总是出来干什么呢！”加减撑着脑袋一脸忧愁地看着高高悬挂的太阳。

姜芽摘下帽子，抚平半湿了的刘海，嘴里哼着“我有一个美丽的愿望，长大以后能播种太阳，播种一个一个就够了”。

“豆豆，你可别唱了！要不然军训完了，我们就成非洲人了。”

姜芽重新戴上帽子，接着吐槽道：“人家 OPPO 手机是充电五分钟，通话两小时；我们方阵是，训练两小时，休息五分钟。”

大米附议：“概括得非常全面。”

她压了压帽檐，忽然想起了一件有趣的事儿，笑着告诉她们：“你们有没有听隔壁教官讲话，太好玩了。”

加减一听更激动了，张牙舞爪：“我知道我知道！你是不是说那个教官说愚蠢的时候！哈哈哈，我站军姿的时候为了憋住笑声都快累死了！”

姜芽得到共鸣，兴致一下子上来了，立刻坐直，学着那个教官的样子呵斥了一句：“愚蠢！”

这个时候正好碰上隔壁方阵休息，几个女生从她身后经过，听到这如出一辙的声音，忍不住加入了她们的阵营。

“同学，你也学得太像了吧！刚刚走过来，我还以为是教官坐这儿呢。”一个女生忍不住夸赞道。

“你们教官的口音说普通话太可爱了，不像我们教官，严厉得很，我都恨不得成个木头人。”

“我们问了教官是哪里人，你们猜是哪里的？”

“四川？”

“广西？”

……

“哈哈……我们教官说自己是4种口音结合版，四川、陕西、河南，还有一个什么来着，重庆。”

姜芽被央求着又表演了几次，围观的人越来越多。其他人学着怎么都不太像，她仿佛抓住了精髓，一说一个准，一下子在两个方阵中名声大噪。

“哔——哔——哔——集合！”

五分钟就没了？大伙儿一阵哀怨，可还是立即动了起来，他们可不想到时候在脚上放上一杯水。

“我们先来玩个游戏。”教官踱着步子在他们面前转了转，“我说向左向右看，你们要立刻按照我说的方向来，错了就站到一边。”

这明显就是变着法子训练嘛。姜芽一脸了然，又有点头疼，她素来没什么方向感。

“向左看！”

发令来得猝不及防，姜芽唰地急忙往左转。果不其然，已经有人情急之下就转错了方向。

来了几次向左向右转后，大伙不约而同都找着了规律。就在大家信誓旦旦地确定下一回一定是“向右转”时，教官的“向右向左转”瞬间让一大片存活下来的人在太阳底下凌乱。

“哈哈哈哈……”隔壁方阵的人还是休息时间，看着他们这边被教官捉弄，笑得倒了一片。

她的方向感竟然能支撑这么久？姜芽一脸震惊地看着身边零零散散的三四个人，后面同样未淘汰的大米笑着给她竖了一个大拇指。

就在她收回视线准备随时听候口令时，却一眼捕捉到了旁边人群里的余斯燃。此时的他正被一个男生搭着肩膀说些什么，原本表情淡漠，却在察觉到她的视线后回了一个笑脸。姜芽一头黑线，这就是传说中的一秒变脸？

余斯燃正想着要不要再打个招呼，就看到姜芽毫不留情地又转了回去。他是什么时候招惹到她了吗？怎么她只要一看到自己，就如同老鼠见到猫，瞬间没了影。

姜芽一回过头，就被教官的一声“向后转”拉回了神。往后转？岂不是又要看到他。想到这里，姜芽牙一咬，直愣愣地站在了原地，纹丝不动。

如愿地退出了游戏，她忽地记起了什么，担忧地看向了余斯燃的方向。只见那边的人群散去，原来是训练时间到了，她深深地松了一口气。

其实两个方阵不过就隔了两棵树，抬头不见低头见……真是怕什么来什么。

游戏结束，最后获胜的人被允许休息一个小时，在大伙的一片羡慕声里坐在了树下的长凳上。然后苦命的他们，又要开始站军姿了。

正步定点，姜芽眼看着教官往后巡逻去了，偷偷左脚沾地偷懒。忽然，左边伸过来一只脚，踢了踢她的左脚。

她扭头看向皮鞋的主人，脸色一变，立刻乖乖左脚向正前方踢出，脚掌与地面平行。

完了，被总教官抓住小辫子了，姜芽紧张地咽了咽口水。不会被拉出去当作反面教材吧，想到这里，她更紧张了，忍不住打了个嗝。

身边没有一点声响，她偷偷用余光瞄了瞄。总教官忽然长手一伸，把她的帽檐往上拉了拉，语气严厉："看哪儿呢！看前面。"

姜芽心里一"咯噔"，又打了一个嗝，眼睛紧紧盯着前方一棵歪脖子树，心虚地缩了缩脖子。耳边传来一声低笑，她忍不住看过去，只见总教官掩耳盗铃地咳了两声。

正巧，隔壁方阵正传来教官训斥的声音，她下意识地又瞟了一眼，只见余斯燃正被教官骂着："我说'一二一二'地报数，你报个三什么意思？"

她一下没忍住，扑哧一笑。

一笑完她就后悔了，旁边还站着总教官呢，人家笑可以，她哪儿来的胆子敢在他旁边笑。她尴尬地看向总教官，正想解释，没想到一开口，又是一个嗝。

也许是真的很滑稽，总教官这次当着她的面笑了，她立即抓住机会，站得有模有样。

"个子不大，胆子倒是挺大的嘛。"总教官也没为难她，用脚把她的左脚往上抬了点，恢复了严厉的语气，"把背给我挺直喽。"

看着总教官走开了，姜芽正纠结着要不要趁机再偷个懒，顺便瞧一眼隔壁被骂的某人，教官又踱步到了跟前。

隔壁方阵，余斯燃站得极为标准，抬起的左脚上被放了一部手机。

他抓着机会就会偷偷往旁边方阵看，正巧目睹了她和总教官的互动，小小的一只，因为心虚做起的小动作像极了仓鼠。

本轮着他报“一”了，因为看得出神，下意识便跟着报了“三”。

“姜芽。”他轻轻地念了一声她的名字。

他还从来没有这样认真叫过她的名字呢。

看到她见自己受罚时幸灾乐祸的样子，余斯燃嘴角勾起了一抹满意的弧度。

“哟呵，受罚了怎么看起来还挺开心的，给我到前面来好好做示范！”

教官一声哟呵，众人纷纷偷笑。

余斯燃一脸镇定，微微弯腰，两根手指夹起手机，递给教官，走到了最前头。然后，他转身，认真地问：“教官，要不，我帮你喊正步的口令？”

“不要。”教官骄慢地一摇头，“针（正）步走！”

话音刚落，又是一片嬉笑。

3.

每日训练结束，新生都是一窝蜂地往食堂冲，以至于学姐学长都开始在贴吧发帖求放过。而中午的休息时间更是争分夺秒地把握，生怕浪费了一秒，恨不得和床融为一体。

趁着午休时间，姜芽抱着她的社团服去了社团，她打算把衣服换大一个码子，毕竟卫衣宽松点穿着跳舞更有范儿。

学姐忙着整理新生资料抽不出空来，便让她自己去角落拿。姜芽无奈一笑，学姐还真是不拿她当外人。入校前，她便在贴吧认识了这个学姐，两个人因为曳舞兴趣相投，相谈甚欢。后来社团开始招新，她直接跳了一段便加入了曳舞社。

看着角落里乱成一团糟的东西，她实在忍不住开始收拾起来。正找到自己要换的 M 码，她把它抽出来放到一边的时候，忽然听见了有人要申请入社。

“学姐，你也知道，只要斯燃入社了，指不定能吸引一大批女孩子加入。”有男生的声音说道。

姜芽听到名字，再仔细一看，说话的人身边站着的果然是余斯燃。

哎？他会跳曳舞？她怎么没听说过？

“我们曳舞社可不开后门。虽说学弟在新生里颇受欢迎，但要进曳舞社还是得跳一段，面试通过了才行。”学姐作为女汉子完全不受美色诱惑，铁面无私。

余斯燃向前迈了一小步，说：“学姐，打个商量？关上门，我跳，你面试。”

学姐一脸疑惑，但最后还是同意了。

“你也出去。”余斯燃扭头，指着门对尚嵘道。

尚嵘一脸震惊：“我？”

“对，就是你。”

尚嵘一脸怨恨地瞪了他一眼，磨磨蹭蹭地出去了，顺便还很乖巧地关上了门。但是姜芽发现他颇有心机地留了一条缝，顿时了然于心。她灵光一闪，偷偷溜到了桌子后面。以他们那个方向，只要不仔细看，完全注意不到这边有人。

“开始？”学姐见尚嵘出去了，开口问道。

余斯燃自信地点点头。

姜芽悄悄地探出脑袋，看着余斯燃一副自信的样子，真想问一句哪儿来的自信。她记得，某人暑假可是表现得很瞧不起曳舞，觉得曳舞只要两只脚乱蹦跶就行了。现在这情况……难不成开学前专门去学了？

想着想着，她默默掏出了手机，打开了视频拍摄。她倒要看看他能跳成什么样。

熟悉的背景音乐《Seve》响起，姜芽的视线紧盯着手机屏幕，没想却差点惊掉下巴。

她揉揉眼睛，探头看向余斯燃，果真见他是双脚前后左右来回地蹦跶，嗯，真的不是手机有问题……

越看越奇怪，越看越搞笑。姜芽正在纳闷学姐怎么还不喊停，一眼瞧过去，只见学姐憋笑憋得正辛苦。

再去看余斯燃，左脚往右一踢，右脚往左一踢，两只脚仿佛要打起架来，姜芽一下子没控制住笑出声来。

“好！停！”学姐终于喊停了，关掉了音乐，“呀，豆豆，我都忘了你还在这儿。”

“咳咳……”姜芽立即收起手机，顺手抓起桌上的卫衣乱折一通，一本正经地胡说八道，“咦，这是有人来面试？我光顾着收拾东西都没发现呢。”

学姐立刻听懂了，打配合回答：“哈哈，和你一届的同学哦，帅哥一枚。”

余斯燃看着眼神四处闪躲、明显憋着笑意的姜芽，表情复杂，难道自己跳的真的很烂？

“学弟，我觉得……你不太适合跳……”

身后传来门外尚嵘断断续续的笑声，余斯燃脸一黑，不等学姐委婉拒绝，转头猛地拉开门。尚嵘踉踉跄跄地差点倒进来，余斯燃不等他回过神，一把抓住他领子，直接把他拽走了。

完了！真生气了！尚嵘顿时一脸生无可恋。

不出一分钟，尚嵘急匆匆跑进来，严肃交代："姐妹，记得保密，我们老大要面子的！"

"哈哈哈。"学姐见人走了，终于放心笑出声来，"豆豆，这学弟怪可爱的，不像那些学妹说的那么高冷啊。"

姜芽抱着自己的卫衣，一脸认真地问："他很有名吗？"

"你不知道他吗？"学姐一脸难以置信，"听说他很受欢迎的。"

"不知道。"

姜芽心里一边暗自说着"才怪"，一边把刚刚拍下来的视频偷偷保存好。

离最后正式演练时间越来越近，教官对她们的训练也变得越发严格。每个人都愁眉苦脸，就算有怨气也不敢发。

休息时间大家也都变得沉默寡言，似乎怕说多了话浪费能量。姜芽揉了揉大腿，看向还在训练的隔壁方阵。

她一眼便看到了站在队伍后排的余斯燃，此刻的他正鬼鬼祟祟地把左脚向前面的男生伸过去，然后停在了那个男生的脚后跟上方。

就在她一脸疑惑地睁大眼睛想要看个究竟的时候，余斯燃的左脚快狠准地踩住了前面男生的鞋子后跟，而这个动作又刚好碰上他们要走正步。解放鞋悬空打了个转飞了出去，随之飞出去的还有一块白色的“鞋垫”。

被捉弄的男生猝不及防地穿着袜子踢出了左脚，而余斯燃则是一副“不是我干的，这事和我没关系”的无辜表情，还故作惊讶地拍了拍人家的肩膀问：“兄弟，你怎么回事呢？”

被捉弄的尚嵘牙根咬紧，单腿捡起“鞋垫”朝余斯燃扔去，却被他轻轻一下拂开。

“余斯燃！你竟然这么记仇！”

尚嵘也顾不得去捡鞋子，单腿跳过去想要讨回便宜，不曾想拳头刚伸出去，就被余斯燃一把握住。更气人的是，明明是要打一架的节奏，愣是被他的这个举动变成了两个人在友好握手。旁边的人见此景，更是一阵惊呼。

看到这里，姜芽忍不住感慨道：“真是太欠扁了！”说着扭了扭手关节，骨头嘎吱作响。

大米闻言，扭过头看她：“豆豆，你这是要去揍谁？”

姜芽摇摇头，收回视线：“大米，你知道余斯燃吗？”

“他啊，好像在新生里挺有名的。开学没几天，向他表白的女生就有好几个了。不过，据说挺高冷的。”

姜芽一脸震惊，没想到连大米这么不爱八卦的人都知道他了。

她犹豫着开口问：“那他是有女朋友了？”

大米拍了拍手上的灰，回答干脆：“没有。”

姜芽闻言，心里不知为何不禁有些小雀跃。

4.

人在世上飘，哪能不作妖。安稳训练了几天，总算是有人熬不住了。

方阵里有个性格跟大姐大似的女同学，她指点江山一般地提议几个女生一起装晕，然后向教官申请下午休息。大概是最近的天的确太闷，她这个建议一出，便立刻得到了众人响应。姜芽看着大伙儿达成一致，也不好独树一帜，便也跟着同意了。

她被安排成装晕队伍中的一个，原因很简单——看起来弱不禁风会博得同情心。

姜芽站在方阵里，偷偷瞥向那个发暗号的姑娘，等对方一打手势，姜芽咬咬牙，两眼一闭腿一软，直接就往后倒去。后面的女生立即配合地扶住了她，负责起哄的同学也恪尽职守地喊起来。

“教官，有人晕倒了！”

“教官，这还有人头晕！”

“教官，要不下午就休息吧。”

……

姜芽偷偷睁开缝去看教官的反应，扶着她的女生小声提醒：“你要不呕一下？”

呕？她琢磨了一小会儿，然后象征性地“呕”了一下。

“哪里不舒服？”

教官洪亮的声音忽然在耳边响起，吓得姜芽身形一抖。姜芽故作镇定，一点没忘记自己正在装晕，断断续续地回答：“头，嗝，晕，嗝……”

完了，撒谎太紧张了，姜芽顿感不妙。只要一说话，打嗝就停不下来。她试着深呼吸了几次再解释，结果还是没能止住打嗝声。

“你去那边喝杯水。”教官看她打嗝不停连话都说不完整，不像是装的，于是指了她身边的同学，“你扶她过去。”

“姜芽，你打嗝学得也太像了吧。”扶着她的女生笑着夸赞道。

姜芽苦笑道：“嗝，不是装的，嗝，就是忽然……”

“哈哈哈哈……原来是刚好碰上了。”

姜芽有苦说不出，她总不能告诉人家，她中了魔咒，一紧张就会打嗝不止吧？

她端着塑料杯坐在方阵一边看大家训练，无聊得很，无意识地又哼起了《种太阳》。站得近的正在定点的几个女生不约而同地抗议道："别种太阳了，再种我就原地爆炸了。"

虽然直到最后，教官也没有答应下午休息的要求，但好在整体走了一遍流程后改成了练歌，所有人都可以盘腿坐在地上。

"《团结就是力量》会不会唱？"

"不会。"众人默契地回答，显然是想让教官开嗓教。

教官打开小音响，然后跟着歌激昂地起了头："团结……就是力量。"

"等下，重新来。"教官眼看着自己开头便跑了调，急忙止住。

胆大的人在下头开玩笑："教官，你老实交代你是不是五音不全？"

"怎么可能。"教官红着脸辩驳，重新带头，"团结就是力量，团结就是力量，这力量是铁，这力量是刚。"

姜芽在下头跟着唱："团结，嗝，就是，嗝，力量。"

"哈哈哈。姜芽，你打嗝还没好呢。"方阵里的同学听到这一下一下有节奏的打嗝声顿时笑成了一片。

原以为刚喝了一整杯水已经停止打嗝，更没想到自己吼一嗓的声音还挺大。她脸上不禁浮了一层淡淡的绯色，不好意思地尬笑了两声。

教官脸上也难得带了丝笑意，允许她不用跟着唱，自己小声在底下跟着学就成。

她欣然答应，然后自个儿小声哼着歌儿。哼着哼着，目光不由得看向了隔壁方阵，隐约听到了那个有趣的口音教官满是笑点的歌声。

后来，隔壁的教官过来找他们的教官帮忙带歌。姜芽开心地扯了扯旁边人的袖子，小声八卦："这下可好玩了。"

果不其然，姜芽这个方阵显然没打算放过这个绝佳机会，纷纷起哄让教官带唱。教官一着急，险些爆出家乡话，众人被他的口音逗得笑倒一片。

"你们等着，我找人来带你们唱。"教官气得去自己方阵搬救兵。

姜芽这下笑不出来了，她看着教官搬来的救兵正是她躲都躲不及的余斯燃。

当余斯燃走过来的时候，姜芽心情很复杂，怎么怎么躲都躲不过？

于是她小脑袋一低，顺便再把帽檐压得更低了些，心里想着，不要找她麻烦就好。

余斯燃看见她的小动作，倒也不在意，仗着教官不在，直接盘腿坐在了她对面。

余斯燃一来，女生倒是兴致高涨，一个比一个唱得认真。

姜芽一直低着头轻声哼，脖子酸了，她便偷偷伸手揉揉，就是不打算抬头。

“豆豆，你脖子不酸吗？”

她听见他小声问话，下意识抬头看过去，正巧和他视线对上，又慌忙低下头，耳朵不知不觉开始发烫。

这人是想干吗呢！

“等会儿我抽查几个人起来唱，你们可别偷懒。”

姜芽眼睛余光瞥见对面的人站了起来，心里开始担心余斯燃公报私仇。

“第二排第四个同学。”

姜芽瞬间松了一口气，趁着他过去检查，她抬起头望过去，只见被叫到的女同学一脸羞涩，对着余斯燃唱《团结就是力量》。

她忍不住翻了个白眼，又不是对着他唱情歌，这莫名的娇羞是什么鬼？

余斯燃一连叫了三个人起来唱，俨然没有找她“报仇”的趋势，姜芽悬着的一颗心平稳了下来。

第三个同学唱完，余斯燃走回到她面前。姜芽原以为抽查就这样结束了，直到他的声音在头顶响起。

“最后一个，你吧。”

姜芽百无聊赖地抠着鞋带，一直没有听见旁边的人起身唱歌，一脸疑惑地抬头看向四周，结果发现所有的人都在看自己。

“同学？”

她看着对着自己笑得一脸温暖和煦的余斯燃，恨不得一拳头抡过去。公报私仇！公私不分！她在心里骂了百来遍都不觉得解气。

“亮一嗓子？”

姜芽摇了摇头，委婉拒绝：“不行，我打嗝，不方便唱歌。”

“她是打嗝，教官让她自己练，换个人吧。”方阵里开始有人替她说话。

“看样子已经好了。”余斯燃显然没打算放过她，“正好检查一下你自己练得怎么样了。”

姜芽站起来，用只有他们两个人能听见的声音骂了一句：“坏蛋。”

“唱就唱。”她清了清嗓子，然后开始唱，“团结就是力量……”

出乎意料的是，一曲毕，掌声雷动。她瞬间得了气势，挑衅地看向余斯燃。

“唱得不错。”余斯燃一本正经地评价。

然后，他稍稍倾过身子，靠近她的耳畔，小声说：“不过我还是觉得你唱《小星星》更好听些。”

姜芽闻言，脸色一变，牙齿咬得咯咯作响，真是哪壶不开提哪壶！她自觉气势不能弱，突然想到了余斯燃在曳舞社的一举一动，嘴角不经意露出一抹得意的笑：“余同学曳舞跳得也挺有风格的。”

5.

等到两个教官换回来，姜芽才从别人口中知道这两人是铁哥们。他们两个关系铁，自然而然地，两个方阵也跟着成了兄弟联盟。

刚学完《团结就是力量》，两个方阵又被安排在一起拉歌。两个方阵面对面坐着，中间隔了一小块空地。姜芽顿时庆幸自己在第一排，余斯燃在他们方阵最后一排。

可没等她开心几分钟，就眼睁睁看着余斯燃从队伍最后一排转移到了第一排，然后坐在了她的斜对面。

他低着头整理着一沓白纸。过了一会儿，拿了一半走到她这边，递给她：“歌词一排两张，轮着看。”然后又故作惊讶，“姜同学，好巧。”

姜芽一脸无奈地接过歌词，这人怎么就不能好好叫一次她名字？

从来没有玩过的对歌游戏，大伙儿看了歌词，开始议论了起来。姜芽却是想笑却笑不出来，她真的要对着余斯燃唱“我们等得好辛苦”？

这是故意整她的吧？

“一二三四五！”“口音”教官的方阵声音气势十足，震得她鼓膜嗡嗡响。

于是他们方阵也毫不示弱，较着劲儿吼了回去：“我们等得好辛苦！”

姜芽喊完后目瞪口呆，她瞧着余斯燃刚刚是对自己点了个头？再看过去，他又一副什么都没干的表情，不知道在看哪儿。

她这是眼花了吗？

“一二三四五六七！”

“我们等得好着急！”

这次，她特别注意了余斯燃，果然不是眼花，当她喊那一句的时候，余斯燃真对自己这边点了个头。虽然动作不大，可还是被她捕捉到了。

姜芽：“……”

姜芽一脸不服气，低头看到下一首的歌词，瞬间眼睛一亮，搓搓手掌，开始准备吼一嗓子。

“叫你唱，你就唱！”

“扭扭捏捏不像样！”姜芽有意朝余斯燃的方向吼道。

“像什么？”

“大姑娘！”她意有所指地看向余斯燃。

喊完后，姜芽低着头得意地笑，完全没有看见余斯燃朝自己露出的那抹笑。

这个环节过去了，两个教官换了个花样让他们来对歌。两个方阵交叉组队，大多是一男一女。歌词被撕成了几个长条，然后折成一样的大小轮流给他们抽。

姜芽作为排头，所以和对方方阵第一排男生的排头组成了一对。

希望不要抽到带调子要唱的！姜芽在心里默默祈祷。她两眼一闭，迅速往里面随便拿了一个，然后打开，整个人都感觉不好了。

“我左看右看，上看下看，原来你们个个都不简单；我想了又想，猜了又猜，为何你们还没唱起来？（《对面的女孩看过来》的调子）”

姜芽看着字条，欲哭无泪。

“要不你先来上半句？我这个音痴要酝酿酝酿。”她同队友打商量。

好在男生一般都怜香惜玉，爽快地答应了。

她小声回忆着这个歌的调子：“对面的女孩看过来，看过来……”一抬头，正巧撞见了余斯燃看过来。

我叫女孩子看过来，你看过来干什么？

姜芽瞪了他一眼，接着就后悔了。

等她唱歌的时候，他要是听到了，肯定会笑话她的吧……于是，她低头，双手合上，默默祈祷着自己唱的时候，余斯燃千万不要看她。

可惜，祈祷根本没用，她还没开唱，便已经感受到了他落在自己身上的视线。

怎么办怎么办？

姜芽已经感觉自己心跳加速，一颗心紧张得像是要跳出来。

姜芽拼命呼吸，拼命地想把自己的节奏调回正确的频道。

然而，事与愿违，当她唱出她的那句歌词时，她果然又开始打嗝了。

“我想了又想，嗝嗝嗝……”

所有人本来都在盯着他们这边看，原本唱得还好好的，姜芽的打嗝声猛地就闯了进来，大家都有点愣住，但听着姜芽有节奏的打嗝声，瞬间笑了出来。

“姜芽你怎么又打嗝了？”人群中有个人喊。

姜芽害羞地低下头，没敢说话，可是脸却“唰”地红了。

等到余斯燃上场的时候，他捕捉到了她明显变得有些低落的情绪，再看了看身边还在调笑姜芽的同学，眉头不禁皱了皱。

余斯燃看着自己手上的歌词，突然想出了个转移注意力的办法。

“哎！哥们你大胆地唱起来呀，唱起来，莫徘徊。（用《妹妹你大胆地往前走》的调子）”

余斯燃的歌声犹如魔音贯耳，不仅大，更神奇的是根本没有调调，只是在喊，完全都在一个音上。

两个方阵笑倒了一片人，有个正在喝水的姑娘直接笑得把喝进去的水喷了出来。

姜芽本来正低着头拔草，听着听着也忍不住笑了出来。她抬头看向余斯燃，不知不觉，心情好了许多。

姜芽笑起来的时候，眼睛会眯成一个月牙形，特别可爱。余斯燃望向她，也朝她笑了笑，然后装模作样地喊：“我只是让你们开心一下！”

姜芽摸了摸鼻子，她怎么觉着这话好像是对她说的呢。

尚嵘笑得还没缓过气来，朝着余斯燃走过来，伸手揽住他的肩膀，边笑边说：“老大，我怎么没发现你这么有搞笑天赋。”

余斯燃向尚嵘摆出一个冷脸，没说话，径直走了。

整个下午，大家都在欢声笑语中度过，丝毫没有前几日训练后的疲惫，训练结束后极有活力地开始约着吃饭。

姜芽也难得地跟大米她们一起坐在食堂，以往她们都是直接打包了提回寝室吃。

“哈喽，可以拼个桌吗？”尚嵘笑嘻嘻地端着盘子站在一边询问。

她们的位置是三个三个对着的，旁边还多出了两个位置。

大米见尚嵘傻乎乎的，爽快地答应了。

尚嵘抱着盘子坐到位置上，站在那里对着后面喊：“老大你能不能快点？”

紧接着，姜芽察觉到自己旁边也坐下了一个人。她一边往嘴里塞红烧肉，一边扭头看过去，结果差点被嘴里的红烧肉噎着。

“好巧。”余斯燃笑着同她打招呼，眼神有点儿戏谑。

饱饱一眼看出了猫腻，好奇地问：“你们认识？”

“不认识！”姜芽连忙挥手否认。

“嗯，不认识。”余斯燃难得地没有抓住机会捉弄她，反而是配合地点点头。在看到姜芽松口气的时候，话音一转，“不过，现在认识了。”

Chapter 02

确认过眼神，是躲不开的人

1.

“啦啦啦，种太阳，啦啦啦，种太阳，啦啦啦啦啦啦啦啦，种太阳……”

大伙儿稀稀拉拉地坐在阴凉的草地上有说有笑，同前几日此起彼伏的幽怨声形成了鲜明的对比。

“教官早说啊！如果能知道提早学完可以这样休息，我瘸着腿都同意训练！”加减一脸满足地平躺在草地上，举着手机对着天空一连拍了好几张。

没错，他们从“训练两小时，休息五分钟”完美转变成了“休息两小时，训练五分钟”，教官也因此摆脱了“魔鬼”的名号。

其他方阵都在为最后的正式演练加紧训练，而他们每日只需要从头到尾走一遍便可以解散休息，在教官的“要低调”嘱托下一哄而散。

时间走得很快，一群人每天都吐槽着“太累了”“晒黑了”“腰酸腿酸”，却都在军训结束那一刻红了双眼，连一向不苟言笑的教官说话都变得哽咽起来。

有人提议合唱首歌纪念一下，思来想去便提议唱《不说再见》。

教官一个帽子丢了过去：“唱什么《不说再见》，都给我唱《打靶归来》！”

“哈哈哈哈……”大家都笑了。

后来不知道谁提议的玩“两人三足”绑腿游戏。姜芽本想着坐在一边看大家玩，结果不知不觉被人群推去了抓阄处，只能硬着头皮抽了一个纸团。

“3。”她展开纸团，犹豫着要不要去找队友。

一连问了身边的几个同学，都没有3号。就在她打算等着对方来找自己的时候，发现余斯燃不知何时站到了自己身边。

“姜同学，你抽到几？”

她没看到余斯燃参加这个游戏，于是理直气壮地回他：“反正不跟你一队。”

余斯燃饶有兴致地看着她，一脸无辜地说："哦？是吗？"说完，两根手指夹着字条在她眼前晃了晃。

姜芽看着眼前字条上黑色记号笔写着的偌大的"3"字，瞬间崩溃。这打脸来得太快，她几乎是条件反射地把手上的纸团丢掉。

余斯燃显然没有想到这个"操作"，先是一蒙，在听到组织者在询问 3 号队伍的时候，飞速拉起她的手拖去了游戏现场。

直到别人帮他们绑好腿，姜芽才从刚刚的生拉硬拽中反应过来。

"你干吗！"姜芽装作凶悍的样子瞪余斯燃。

"想赢吗？"余斯燃偏过头，看向她。

姜芽头一转，把后脑勺对着他，赌气地回应："不想。"

"我们现在可是一条绳上的蚂蚱了，你不配合配合？"

"你才是蚂蚱。"

"开始！"口哨声响起。

余斯燃拉了拉她的袖子："走了，蚂蚱。"

姜芽显然忘了此时两人脚绑在了一起，只顾着往前走，险些没站稳就要摔倒，好在被余斯燃及时伸出的手稳稳托住。

她如触电般倏地站直，只感觉被他手扶过的地方隐隐发烫，仿佛被火燎过了似的。

"扶住了，别松手。"

还没等她反应过来，便感觉到自己整个人被他带得往上一提，右脚虚踩在了他的左脚上。

这是什么操作？姜芽一脸震惊地低头。

余斯燃没在意，提着姜芽大步走着，察觉到姜芽的震惊，忍不住笑了笑。

“带你飞啊。”

耳边传来他镇定自若的声音，姜芽几乎是下意识地骂回去：“飞你个大头鬼啊。”

“女孩子要注意形象。”余斯燃也不生气，笑着说道。

姜芽一头黑线，朝着余斯燃瞥了两眼：“那请问如此受女生欢迎的余同学，你不要形象的吗？你这竞走姿势，就不觉得在后面看，你可能是一只一边左摇右摆一边拼命逃命的唐老鸭？”

说完，她自己都佩服自己的形象比喻。却不料，余同学同样被她的形象比喻“惊艳”到，并且成功地摔倒了。

在摔倒的那一刻，余同学极其讲义气地把她往自己身上拉了一把。因为脚上绳子的限制，姜芽半趴在了他的身上。然后，两个人以一种无比尴尬的姿势在草地上静止了一分钟。姜芽的脑海里甚至冒出了非常不合时宜的想法：按照套路，这个时候是不是该在胸口画圈圈？

姜芽微微转头看向余斯燃，余斯燃此时闭着眼，不知道在想什么。

算了算了。

最后姜芽的理智还是战胜了套路，迅速撑着地从他的身上爬了起来，可是两人腿上的绳子卡住了她，她没稳住，又重新摔在了他身上。

“嘶……”余斯燃被她突然撞击，低声闷哼了一句。

她实在没办法，一咬牙，直接往旁边一躺，手捂住脸，和他并排躺在草地上。

余斯燃揉了揉自己的胸口，悄悄侧过脸，看向她。只见她两只手捂在脸上，纹丝不动的认真劲儿，就好像小姑娘刚刚偷吻了喜欢的男孩，现在正在害羞着。

让人忍不住想……欺负欺负。

“喂，起来了，别睡了。”他推了推她的肩膀，两手撑地坐起来。

姜芽揉了揉眼睛，坐了起来，趁着余斯燃没注意，瞪了他一眼：“快把绳子解开，蚂蚱兄弟。”

“自己解。”余斯燃双手环住，眼睛直直看向前方。

她气鼓鼓地低头去解开两人脚的绳子，一边嘴里嘟囔着：“蚂蚱个鬼。”

气定神闲的某人看着低着头暴力解绳子的姜芽，鬼使神差地伸出了手，然后摸了摸她的头。正巧此时，姜芽解开了绳子，她把绳子往边上扯丢，然后起身狠狠地瞪向余斯燃：“别摸我的头！长不高，不知道吗！”

余斯燃正被瞪得莫名其妙，闻言扑哧笑了。

“你以为摸你家狗狗呢！”

说完，姜芽就跑了，留给余斯燃一个潇洒的背影。

跑着跑着，姜芽感觉不对劲了，她停止脚步，生气地往铁丝网门上一踹：“我跑什么啊，我又没做亏心事。”

自“两人三足”游戏后，姜芽便一直拉着室友说话，非常刻意地躲着余斯燃。余斯燃坐在一边一直看着姜芽，原本是想问清楚她为什么总躲着自己，却一直没机会问出口。

回去后，他躺在床上，望着天花板，思绪不由得回到了高考后的暑假——那是他们第一次相见。

虽然后来他走得匆忙，但是也留下了自己的手机号，可是为什么直到现在她都没有给他打过呢？好不容易又遇到了，她还总是躲着他。

这都什么事儿啊！

余斯燃烦躁地抓了抓头发，始终没想明白。但心里已经暗暗决定，下次一定要去问个明白。

2.

为了庆祝军训的圆满结束，以及她们的皮肤回白之日即将开始，饱饱提议去吃烤串，不撑不归的那种。

傍晚的风有点凉，但是小吃一条街却热闹得不得了。

正当他们四个人手挽着手去了饱饱开学前成功踩点的烧烤店“变态鸡翅”时，程桉的消息弹了出来。

“姜小芽！躺鸡吗？”

姜芽放下手上的烤串，直接回了一个“不”。

程桉，她的发小。虽说不是在一个院里一起长大的，但是两个人自小学便一直同班，直到后来高中文理分科，两人一个学了理科，一个学了文科，这才分开了。

据说还在读小学的时候，班上不是程桉第一便是姜芽第一，所以程桉同学一旦和第一失之交臂，便会死皮赖脸地跟着姜芽回家一起做作业，目的是想要看看她课后是不是背着他在偷偷学习。

两家人看着这俩小孩总是一起认真学习，为了一道题急红脸也乐呵，自然而然，两人的关系就变得亲近起来，成了别人口中的“青梅竹马”。

只不过上了初中后，程桉的男孩子本性展现，成绩远远落在了姜芽之后，于是两人从一起学习变成了姜芽给他补习。

姜芽现在想起这个就后悔，当初就应该在程桉成绩落后不配和她一起学习时狠狠地嫌弃他，这样她就不用还和他维系着“塑料兄弟情”。

高考后的暑假，程桉带她入了《绝地求生》的游戏坑，企图通过游戏占些不厚道的小便宜。好在她那会儿在民宿认识了余斯燃，反而扬眉吐气了一番，并且趁机占了不少便宜。

余斯燃……

怎么突然就想到他了！姜芽懊恼地折断了烤串的木棍子，觉得不解气，折了又折。

“豆豆，快尝尝这个臭豆腐！”加减一脸发现了新大陆似的表情，激动地给她递了一块臭豆腐。

她接过来，正要咬上一口尝尝，身后传来了熟悉的声音。

“和尚，点这么多，你是猪吗？”

“南州大学是只有巴掌大吗？”她急忙低头，小声嘀咕着。

“嗯？”加减以为姜芽在跟她说话，啃着鸡腿就转头看她，“豆豆你在跟我说话吗？”

“没有，没有。”姜芽拼命摇头。

而此时，尚嵘已经非常自来熟地跳过来打招呼了：“哈喽，真巧，这不是上次帮我们挑‘鞋垫’的美女嘛！”

姜芽只觉得头皮发凉。

“缘分啊，人多热闹，不如拼桌一起啊？”

她正纠结着要不要出声拒绝，大米豪爽的一声“好啊”在耳边响起。这下，她的心彻底凉了……

两张四人桌并在一起，她磨磨蹭蹭地等几个男生落座了，然后又有意无意地把大米安排在了靠着男生的那个座位，才放心地在大米左边坐下。

既没有坐在一起，又没有面对面有视线交集的可能性，她非常满意。

“你们怎么回事，一个个规规矩矩的！又不是安排相亲，来来来，夹着坐！”尚嵘丝毫不见外地开始重新安排，“两边的对换一下就成了！”

姜芽假装没听见，兀自抠着手上的筷子。结果，要和她换位置的男生主动过来了，她也不好装完耳聋再装眼瞎，只能硬着头皮坐到了那个男生的位置，也就是余斯燃的右边。

“别光顾着埋头吃，大家都自我介绍，认识一下。我叫尚嵘，你们也可以叫我‘和尚’，平时就喜欢打打球。同学，你叫什么？”尚嵘歪头看向他左边正默默咬着鸡锁骨的简嘉。

“人在江湖飘，哪能不作妖”，姜芽真心觉得尚嵘适合混古代。

轮到她的时候，姜芽心里暗暗地想，我们就不能安安静静地吃串吗？

她轻轻地叹了口气，放下了手上的臭豆腐，言简意赅直接报名字：“我叫姜芽，你们好。”

说完，她立刻推了推身边的大米，暗示她接话，余光捕捉到了余斯燃那抹不易察觉的笑。

余斯燃从纸盒抽出一张纸巾，然后默默移到了她面前，什么话也没说。

她会意，手忙脚乱顾不上生气，拿着纸巾胡乱在嘴边擦了擦。哪知刚擦完，左边的某人又拿手撞了撞她的手肘，面前又多了一张纸巾。

没擦掉？于是她这次特别细心地沿着嘴边又擦了一遍，心想着总该没了吧。结果这次旁边的人看不下去了，竟直接伸手过来拿纸巾帮她擦，擦的地方是下巴。

姜芽摸了摸下巴，小声说了句“谢谢”，然后伸手拿起自己的杯子喝了口饮料，结果发现所有人都在看着她……还有他。

“咳……”姜芽呛了一口，结结巴巴地解释，“我……我们……”

“举手之劳。”余斯燃打断了姜芽的话，把手上的纸巾团丢进了垃圾桶，云淡风轻地说。

大家听了，似信非信地点了点头，然而他们的眼神还是出卖了他们。

这明显是发现八卦的眼神啊！

她把视线转向身边的人，宽慰着自己“我不是个记仇的人”。突然，一个恶作剧的想法涌上了心头。姜芽偷偷把辣椒粉往盘子里的臭豆腐串上撒，还顺便悄悄地把辣椒酱往自己这边移了移。

趁着余斯燃在附和尚嵘，她急忙把辣椒酱在臭豆腐串上涂匀，又细心地用筷子把上面明显的辣椒夹走，最后满意地看着自己完成的“作品”。

万事俱备只欠东风，姜芽时不时瞄一眼左边的余斯燃，时刻准备着把她特制的臭豆腐串和他盘子里的臭豆腐串调换。

就在她好不容易抓着机会准备来个“狸猫换太子”的时候，斜对面的尚嵘朝她挤眉弄眼了一番。她也顾不上对方会不会打小报告，飞速地交换了两根臭豆腐串。

“快尝尝这个臭豆腐，味道太绝了！”尚嵘忽然倾身，拿起余斯燃面前盘子里那串臭豆腐就要往他嘴里塞。

余斯燃见状立马往后一闪，尚嵘也不放弃，整个身子都快要压上桌子，嘴上还委屈地说着："快吃，我手都伸酸了！"

尚嵘闹这么一出，其余人的目光都被吸引了过来。余斯燃拗不过，只能黑着脸咬下了一块，然后嫌弃地把他往回推。

与此同时，辣味和咸味相杂的奇怪味道迅速侵袭了他的口腔。他几乎是下意识地将还未咽下的豆腐吐了出来，姜芽"贴心"地开了一瓶易拉罐可乐递了过去。

一大口汽水入肚，紧接着便是一声出乎意料的响嗝。姜芽闻声，在一旁憋笑憋得辛苦，偏偏还强装着一副"发生了什么都和我没关系"的模样。

余斯燃瞥了她一眼，见她努力憋着不笑出声来的辛苦劲儿，再联想到方才尚嵘对她的挤眉弄眼，瞬间明白了这事儿的始作俑者。

不知道为什么，他突然想起了和姜芽的第一次见面。

那是在梧桐镇的民宿里，姜芽聚精会神地在院子里打游戏，因为他突然的出声提醒受到惊吓，然后紧张得一直打嗝。一声声接连不断的打嗝声像极了读"鹅鹅鹅"，于是他捉弄心一起，抢着在她的自我介绍前叫她"鹅鹅鹅"。

当时的姜芽也不服输，直接挑衅回来："易燃易爆炸的燃？不见得有多斯文呢。”

那时，她咬牙切齿的样子，明明没有多硬气的回怼愣是被她讲出了几分气势。

余斯燃笑了笑，还真是个记仇的姑娘。

3.

“余斯燃，你赶紧送人家姜芽同学回寝室，我看她有些醉了，可别摔了。”

被点名的姜芽一脸蒙，她也就喝了一瓶啤酒，在出去的时候不小心被凳子绊了一脚差点摔倒，怎么就成喝醉了走不了路？再说了，当她的三个室友是空气吗，怎么也轮不到余斯燃来送她。

“我没醉，我们自己回去就好，这么多人呢。”她微微一笑，立刻拦截了余斯燃的接话。

道高一尺，魔高一丈，两边好不容易准备散伙打道回府，尚嵘忽然弯腰捡起了什么东西，又叫住了她们。

“捡到一张 KTV 优惠券，满 200 减 50！兄弟们，KTV 走起？”尚嵘朝他们抖了抖手上的一张卡片。

姜芽闻言，一头黑线。她准备拦住重点关注对象——大米。

只听大米一声吼：“行啊！兄弟们走起！”

姜芽拦住大米的手停滞在空中。一阵风吹来，她觉得自己耳边出现了“乌鸦的叫声”。

惨，太惨了。

“姐妹，你能不能不要这么快和别人称兄道弟啊！”她欲哭无泪地看向大米。

显然大米没有看到她眼中要传达的意图，反而一把搂过她的肩膀说：“走，我们去开开嗓子！”

姜芽算是彻底服了尚嵘，明明前几秒她才从他走过的路上走过，怎么就没见什么优惠券？这明显有诈！

此时佩服尚嵘的不止她一人，还有一直走在尚嵘身边的余斯燃。他清清楚楚地目睹了尚嵘从口袋里掏出优惠券，然后丢在地上再故作惊讶地捡起来的操作，动作衔接堪称流畅。

至于为什么不拆穿他的小把戏？余斯燃看了一眼被室友搂着肩膀带着往前走且一脸愁容的姜芽，仔细想想，去唱歌挺好的。

KTV 包厢内。

尚嵘和大米在上面合唱周华健的《朋友》，姜芽坐在沙发角落玩指甲，并且时不时偷偷观察余斯燃的动向，生怕自己一不留神就又被安排了。

然而人算不如天算，继另外几个人合唱了几首舒缓的歌后，姜芽已经犯起了瞌睡。就在她昏昏欲睡的关头，猝不及防地被点名，装睡都逃不掉。

“姜芽，就剩你和余斯燃没唱了！快来合唱，军训的时候就知道你唱歌不错。”

还没等她说出拒绝的话，就被几个人拥到了屏幕前，而余斯燃已经相当配合地站在了她身边。

看着播放列表中的歌名，《有点甜》《只对你有感觉》《私奔到月球》……她只觉得脑壳痛。

这是挖坑给她跳?

余斯燃见她迟迟没有选歌，扭头问:“选不出来？那我可选了。”问完也不等她回答，直接按下了《只对你有感觉》这首的播放键，还颇有兴致地点评，“歌名也不错。”

姜芽恨不得飞他一个大白眼，嘴上轻声吐槽着：“鬼才会对你有感觉。”

结果，没过几分钟她就被打脸了。

余斯燃唱着“微笑再美再甜，不是你的都不特别”，转头认真又深情地看向她。他的眼睛很清澈，带着点真诚……姜芽不知道怎么，心跳忽然就漏了一拍。

他只不过认真看着她，她的心便如小鹿乱撞般乱跳个不停，实在太没出息了。

她避开他的目光，紧盯着屏幕上的歌词，手指抠着话筒转移注意力，一句“眼泪再苦再咸，有你安慰又是晴天”唱得磕磕绊绊。

余斯燃丝毫没打算放过她，依旧互动似的对着她那边唱。姜芽也不妥协，只看屏幕，对他充耳不闻。台下的人看戏看得热闹。

“学校传言余斯燃高冷，对女生也止于礼貌，这是什么情况？难道是看上我家豆豆了？”加减一脸八卦地问大米。

大米转头问尚嵘：“兄弟，你觉得呢？”

尚嵘饶有兴趣地凑过去加入八卦阵营：“根据我对余斯燃的了解，很有可能！”

包厢那边在八卦，包厢这边被八卦的男女主角此时正在偷偷互怼。

余斯燃趁她唱歌的空当，轻声问：“你怎么不跟我互动？是不是对我有意见？”

姜芽趁他唱的空当回答：“对你没感觉。”回答完之后感觉不大对劲，可又立刻到了自己唱的部分，只能作罢。

果不其然，余斯燃就爱抓她的小辫：“我没问你对我有没有感觉，你别瞎想。”

“想你个大头鬼！”姜芽一激动也控制不住自己说了一些什么乱七八糟的话。

最后两人合唱的那句“我只对你有感觉”，她故意没有出声，嘴巴随意嘟囔了两句假装在唱。

余斯燃又不知道突然抽了什么风，一个劲儿含情脉脉地盯着她看，她被他盯得全身起鸡皮疙瘩，心里一紧张，又不小心打起嗝来。

她立即推开他，跑了出去，闯进厕所，对着镜子连着深呼吸了好几次才缓过来。

镜子里的姑娘脸颊微微泛红，眉头上几缕发丝俏皮地翘起。姜芽一脸震惊地看着镜中的自己，完全不敢相信因为余斯燃的几眼，自己竟如此紧张慌乱，耳根的温度也在悄然上升。

“姜芽，你紧张什么！看就看！你长这么好看，怕什么！”她指着镜中的自己，说了一堆乱七八糟的豪言壮语为自己壮胆。然后，用手指蘸了些水轻轻捏着耳垂降温。

好不容易收拾好，一出门，她就看见了倚在墙上的余斯燃。她假装没有看见，目不斜视地从他面前走过。结果身后长手一拽，她一下没站稳便被他带着踉跄往后退。

最后，两人以一种电视剧的经典桥段才会出现的姿势，木头人般僵持了好几秒。姜芽被余斯燃半抱着困在了墙壁和他之间，大气都不敢喘。

两个人静到可以听到彼此的心跳。

“嗝……”姜芽的打嗝声很没有情调地破坏了这个氛围，两人回过神来，触电般光速分开。

姜芽一直打嗝不停，急匆匆就要走。余斯燃在身后叫她：“姜芽，我从梧桐镇走后，你怎么不打电话给我？”

姜芽脚步一顿，没有回头。明明就是他留的假电话号码，倒埋怨起她来了。

她鼻头泛酸，委屈得想哭。正打算回头好好骂他一顿，他的一句“我们不是朋友吗”轻飘飘地传了过来。

谁想和你做朋友啊！

她咬咬牙，头也没回地大步离去。

4.

程桉曾经这样形容过她：“你有没有发现，有时候你就像一头倔牛，还是头爱在心里跟自己较劲的倔牛。”

那个时候她嗤之以鼻，打死也不肯承认。可现在，心里的两个“小人”此刻正因为昨日和余斯燃的矛盾而剑拔弩张，你来我往地争得激烈，她跟着皱起的眉头将她出卖得一干二净。

“唉，我是不是真的太别扭了？”

另一个声音又立马跳出来回答：“我不是，我没有。”

突然响起来的铃声打断了姜芽激烈的内心斗争，她瞬间松了一口气，将乱七八糟的想法抛到脑后。

“忙什么呢？出来玩！”

姜芽下意识地回答：“忙着拉牛。”

大概安静了五秒，电话另一头的程桉便反应过来她口中的“牛”是什么，毫不掩饰地笑出声来，她这才后知后觉到自己说了什么。

“不去。”

她正要挂断电话，程桉急忙补救说：“慢着，不许挂！我带你去吃我们学校后街的章鱼小丸子。”

姜芽不屑地哼了一声：“我有脚，自己也能去。”

程桉所在的学校就在南州大学旁边，两个学校不过一条路之隔。

“我请你吃好吃的。”程桉立马补充道。

“我是吃货吗？”她撇撇嘴，实在想不明白他费尽心思让她出去玩是想要什么花样。

“我是！我是吃货！”饱饱一个箭步溜到了她身边，两眼冒光，如同嗷嗷待哺的饿狼。

“你不是才吃完吗？”她眼神瞥向饱饱桌上还未扔掉的炸鸡包装盒，质疑道。

饱饱摇摇头，言辞诚恳：“马上就会消化了。而且，有白吃的不吃多可惜。”

程桉听到她们这边的对话，抓准机会插话：“说得好，同学。白吃不吃，姜芽，你是不是傻？”

“天下没有免费的午餐。”姜芽一字一字地朝着程桉说出来。

这种被程桉坑的事例太多了。

9 岁那年，程桉用一根冰糖葫芦把她骗到了客厅，然后藏起了她高他一分的语文试卷；12 岁那年，程桉以铜锣烧为诱饵，把不小心打碎花瓶的锅完美地甩给了她；16 岁那年，他说他发现了一个世外桃源，最后把她带到了一片油菜地……

有这些先例，她哪敢再相信他毫无原因的热情相邀。无事献殷勤，非奸即盗。

“唉，要不是奶奶，我才不请你吃东西。”程桉假意叹了口气。

“果然啊！你放心，奶奶那边我不会说你坏话的，不劳程哥破费了。”姜芽心里暗暗佩服自己准确的预感。

“这是什么话！我程桉是这么小气的人吗？”

姜芽丝毫不带犹豫地反问道："哦，是吗？那请问是谁打小就不肯承认自己差一点，一分也要解释得面红耳赤直到别人点头认同才肯罢休？"

"不说了，别人催我了，12 点西大篮球场见。"

耳朵边响起电话挂断的嘟嘟声，姜芽早已习以为常，只是拍了拍饱饱的肩膀，狡黠一笑："到时候记得狠狠宰他一顿，毕竟白吃。"

西杭大学篮球场。

姜芽本着人道主义在路上顺手给他带了一瓶水，然后坐在跑道边的楼梯上等程桉。

吃货饱饱声称怕被他俩争锋相对的"火焰"波及，破天荒地抵住了美食的诱惑，委婉地拒绝了这顿免费的午餐。

要不是她知道饱饱是真有事，她差点都要觉得她是程桉派来的间谍。

程桉在操场上冲她招了招手，然后扭头继续和队友说话，完全没有要过来的意思。姜芽咬咬牙，拿起矿泉水朝他走去。

因为有旁人在场，她努力面带微笑迎上去。一见着别人走了，脸色立变，将手上的矿泉水瓶朝程桉砸了过去。程桉一把接住，扭开瓶盖喝了一大口，笑着摸了摸她的头："我就知道我们家豆豆还是有良心的。"

"你真的这么觉得吗？"姜芽抬起头，笑着看向程桉，右脚蠢蠢欲动。

程桉点头，接着发出一声巨大的惨叫。

姜芽若无其事地收回"作案工具"，满意地看向自己在程桉鞋子上留下的"美丽符号"。

程桉咬牙切齿："我的新鞋！姜芽，你完了！"

姜芽见状，急忙开溜。奈何运动细胞再给力也比不过体育专业的程桉，没一会儿便被抓住了，完全动弹不得。

"程哥，我错了。"她假意认输求放过，结果他根本不上当，依旧将她两只手反剪，紧紧拽住手腕。

"嘶。"她一边假装疼得直哼哼就是不叫他松手，一边偷偷挤眼泪。

程桉一脸不相信："别装了。"

姜芽依旧不吭声，专注挤眼泪。

程桉见她一直没有出声，急忙松了手，上前瞧她。

一滴眼泪适时流了出来，姜芽心里乐滋滋地佩服着自己，脸上却依旧保持着平静。

见着程桉慌了，她趁热打铁："绝交。"

“绝交？”程桉不敢相信地重复了一遍，“多大的人了，幼稚不幼稚？”

姜芽转过身，背对着他，作势要走。

程桉连忙服软：“是我错了，我请客赔罪。”

“海底捞。”

“行。”

姜芽甚至能听见身后程桉气得牙咯咯作响，完全不同情地伸出指头点数：“火锅、关东煮、鸡锁骨、肯德基新套餐、奶茶……”为了防止暴露，声音特意夹杂了一丝委屈的感觉。

“可以可以。”程桉急忙打断，一股脑儿地应下来，想着兵来将挡水来土掩，到时候总能搪塞过去。

“一言为定！”姜芽回头，一脸得意，满眼笑意，“骗人是土狗！”

“你……”程桉气得语无伦次。

几分钟前，另一个篮筐架下，尚嵘正在等西大的朋友打球，球赛的赌注是一个漂亮学姐的微信号，余斯燃被他拉来当救兵。

“哎，那是不是姜芽？”尚嵘拍了下余斯燃的肩膀，手指向另一边的篮筐。

余斯燃顺着他指的方向看过去，正巧看见姜芽被一个高高瘦瘦的男生摸头，脸色不自觉地沉了几分。

尚嵘看着余斯燃的脸色，试探性地煽了煽风："那男生莫非是她男朋友？看样子长得不错。"

余斯燃收回视线，语气冷漠："好看？就你这眼神能看清眼睛还是鼻子？"

尚嵘敏捷地嗅到了一丝火药味，不再吭声，默默等朋友。余斯燃偷偷看向姜芽所在的方向，只见她和那个男生你追我赶正嬉闹得开心，垂在两侧的手不禁攥成了拳头。

他看着两人并肩离开的背影，拳头又攥紧了几分。

"还打球吗？"尚嵘一喊，拉回了他的思绪。

余斯燃接过球，冷冷地说："打！"

尚嵘愣是从他这一个字里听出了凶狠的火药味儿来。

事实证明，他没有听错。

这场球赛最后以余斯燃临阵倒戈，尚嵘被完虐收场。

5.

姜芽寝室一行人以"网瘾少女"大米为首，在南州大学西门口外的网咖坐成一排，美其名曰"上课前最后的狂欢"。

"你们谁菜？老实交代，不然等着挨揍。"大米的目光冷飕飕地在其余三人身上转了一圈。

加减悄悄用脚碰了碰姜芽的脚，小声说道："大米玩游戏这么严肃认真的吗？"

姜芽斩钉截铁地点头。两天前她亲眼目睹过大米在各个游戏中的斐然战绩，更感受到她玩游戏时的那份激情与认真。

加减心虚，想举手又不想举手，但看到大米眼里那道凌厉的光，只能可怜兮兮地举起了小手。

大米满意地点头："这才乖嘛，等下乖乖跟在姐姐后面不要乱走。"

"其实，我技术也不怎么好，但是！不算菜！"饱饱见状，急忙补充道。

姜芽默默举手附议："我也……"

三个人齐刷刷地看着大米的笑容从脸上消失，然后不约而同地立即转头看向自己的电脑。

"咦，我怎么还没开机？"

"咦，我页面怎么卡住了？"

"咦，这个时间点网吧的人不怎么多啊。"

大米看着默契无比在同步转移话题的三人，长长地叹了一口气："我可以申请撤回带你们来吗？"

“不可以。”三人异口同声。

这是姜芽第一次见大米玩游戏时眼里含着的不是激情，而是怒火，好在她暑假入坑吃鸡被某人教得技术还不错，于是默默地跑过去帮忙扶起被打倒的饱饱。

“饱饱！你不是说你技术还行吗？”大米刚扶起加减，转头就发现刚被扶起的饱饱被人一枪爆头。

“莫生气，莫生气！人生就像一场戏……”饱饱缩了缩脖子，心虚地说道。

加减见状，同样心虚得很，趴在草地上补血后就再也没有起来。姜芽小心翼翼地从另一边绕道去了敌方后侧，瞄准目标连开了好几枪。看到对方变成盒子，正要兴奋地告诉大米，结果，不知道被躲着的哪个人一枪爆头也变成了盒子。

“螳螂捕蝉，黄雀在后啊！”饱饱凑过头来，有理有据地分析道。

大米闻言瞪了她一眼，饱饱默默闭上了嘴，做了一个给嘴拉上拉链的动作。

“啊啊啊啊！”加减忽然大叫，操控着人物在草地上左跳跳又跳跳。

只见她自己本人也左摇右摆着，仿佛身临其中，姜芽见状忍不住笑出了声，旁边的饱饱更是笑得喘不过气来。

“加减，你也太可爱了吧。”

绝对不是夸张，昨天她路过加减身后，停下来看了几分钟她玩微信小程序新出的游戏“欢乐球球”，然后目瞪口呆地看着她身体全程跟着小球左右摇摆。

对此，简嘉同学的回应是：“我也控制不住我自己。”

她们笑得正欢乐，对面突然探出一个脑袋，看到她们后，惊喜地冲她们打招呼：“是你们啊！”

“真巧。”姜芽怎么也没想到在网吧也能碰见尚嵘，好在余斯燃不在，她瞬间松了一口气。

于是自来熟的尚嵘加入了她们的队伍，菜鸟加减主动申请旁观。

游戏打到一半，尚嵘接了一个电话，姜芽隐隐约约听出了对方可能是余斯燃。

尚嵘把手机夹在肩膀上，手还在操作游戏：“碰见姜芽她们了。嗯，那你过来找我吧。”

姜芽闻言，操纵着人物的手一顿。

他们这是一天见一面的节奏？这个世界太小了吧！两人刚闹掰，这个时候见面多尴尬。是该假装陌生还是客气寒暄，她心里纠结得要命，有苦说不出。不行不行，还是找个借口赶紧溜吧。

“姜芽，你斜后方有块石头看见没？干掉那个草衣。”

尚嵘的突然指挥打断了她脑袋里蹦出的乱七八糟的想法，她只得把这些抛到脑后，将注意力重新投入到游戏中。结果打死对方后一激动，本就忘性大的她彻底忘记了要溜走的计划。

一直到身后传来熟悉的声音，她才记了起来。

完了。

“竹染丝雨。余斯燃，猪？”余斯燃站在身后，低头轻声在她耳边念了一遍她的 ID，“我觉得还是之前的好听，你觉得呢？”

糟了！姜芽这才意识到自己的游戏 ID“吃饭睡觉不许打豆豆”早已改了。那个时候她正在气头，于是把 ID 改成了现在这个，之后一直没有再上游戏。

他说着“你觉得呢”四个字时语气明显上挑，隐隐有些挑衅的意味。姜芽默默地把脑袋往右移了几分，然后解释：“哈，好巧，我怎么就没发现呢。”

说起来，吃鸡算是两个人的红线了。这个想法冷不丁地冒出来的时候，一下子又被她打了回去，心里暗骂着什么破比喻。

“你不是在北门那边吗？怎么这么快就到了？”尚嵘瞧见这边的动静，这才发现余斯燃已经到了。

“腿长。”

“赶着来揍我的吗？”姜芽一不小心把心声说了出来。

显然站在身后的余斯燃听见了，嘴角笑意更深。

游戏一结束，姜芽立马起身，拿着手机假装在回电话：“很急吗？好，我马上就过去。”

“我有事先走了，你们慢慢玩。”不等她们回应，她立即逃之夭夭。

这是自己第几次落荒而逃了？姜芽迎着风无奈地叹了一口气。

网咖里，饱饱看着她急匆匆跑开的身影，还没来得及把话说完：“豆豆，你手机拿反了……”

Chapter 03

颜值不够，演技来凑

1.

上课没多久，饱饱便在群里哀号：“学习苦，学习累，学习使我流眼泪。”

而此时，姜芽已经乖巧地等着上她的“英文影视赏析”选修课，趁着距离上课还有一分钟的空当回复饱饱：“我爱学习，学习使我快乐。”下一秒，接着发出第二句，“才怪。”

选择选修课的时候，她目光迅速地扫射了一遍所有可供选择的课程，毅然决然地选了“英文影视赏析”这一门。可以看电影，又可以提高英文，何乐而不为？

但其实，她更喜欢日剧和日漫，也正是因为这一点，让程桉在她这儿的地位提高了一等。她的发小，别的本事没有，最引以为傲的就是运动天赋和日语。

"同学，可以让一让吗？"

熟悉的声音伴着上课铃声从耳边响起，姜芽抬头看去，只见右前方的女生起身走到过道上，让一个高高瘦瘦的男生进去。再一看，那个男生就是她这几天抬头不见低头见的余斯燃，她飞速低下了头，恨不得钻进桌洞里。

"没有看见我，没有看见我……"姜芽低着头默默祈祷，眼睛余光却瞥见他在自己前面的空位坐下。

一次两次是巧合，三次四次……说不通了吧，说出去别人都不信。

姜芽晃了晃脑袋，打住自己的胡思乱想。

前面迟迟没有动静，应该是没发现自己。她瞬间松了一口气，放心地抬起头，盯着他的后脑勺发了一会儿呆。正想扮鬼脸嘚瑟一番，一想到自己身边还坐着人，她急忙打消了这个念头。

于是，她貌似无意地拿起了笔，假装无聊得只能玩笔，开始鬼画符，对着他的后脑勺一会儿画个猪鼻子，一会儿又画一个乌龟。

兴致正起，就在她准备画个全家福的时候，前方的后脑勺动了。余斯燃突然转过头，吓得姜芽手中的笔以一条抛物线飞了出去，徒留右手僵硬地停留在空中不知所措。

“嗝……”

糟了！姜芽以迅雷不及掩耳之势捂住了嘴，堵住了即将源源不断从口中发出的打嗝声。

“真巧啊，我们又见面了，姜芽同学。”

她发誓，“真巧啊”三个字从此是她这辈子最讨厌听到的话。

余斯燃脸上虽然没有表现出任何笑意，但是她笃定他见着自己打嗝是心里正乐呵着。毕竟，这个世界为数不多知道她打嗝秘密的人，好巧不巧就有他。因为这个秘密给她取了好几个莫名其妙的外号的，却只有他。

她真羡慕能够理直气壮说出“这个世界上知道我秘密的只有两种人：一种是死人，另一种是将死之人”的人，可惜她不能，因为知道她秘密的人，都活得好好的，而且都不太好得罪。

姜芽依旧紧紧捂着嘴，对余斯燃的招呼不理不睬。见他回过头去，她放心地松开了手，连舒了好几口气。

“对了，你带笔了吗？”余斯燃再次转头看向她。

姜芽抿着嘴，一声不吭地给他递笔，内心暗暗腹诽了他几百遍。

没一会儿，他又回过头来，她抢在前头气势汹汹地问：“你又想要干啥？”

余斯燃也不说话，只是把笔递还给她。姜芽一看他递过来的东西，正是之前飞出去的那支笔，只能尴尬地接过来，碍于礼貌轻声道了谢："谢谢。"

"你说什么？"

她见他一脸疑惑，一副没听清自己说了什么的模样，正要摇头说什么，转眼间又瞥见他嘴角微微扬起。

她太熟悉余斯燃这个表情了！

第一次见面，他高高瘦瘦，穿着干净的白衬衫，长得颇有几分她正在"磕"的韩剧男主角的影子。可惜的是看起来便是一副高冷冰山的样子，就连说话时的语气都是明显的礼貌性客气。

就在她用尽三十八般武艺终于成功和他成为朋友后，才发现这个男生完全是个两面派，起初的高冷形象也日渐坍塌。

对此，他极其淡定地甩锅："我可没说过我高冷。"

姜芽真后悔当时没把他那就差写上"生人勿近"四个字的帅气脸庞拍下来。

至于他憋笑时的表情，她更是不会看错。她吃鸡技术菜被他笑话，一紧张就打嗝被他笑话，就连摔个跤也要被他笑话；过去的一个暑假，他笑话她的次数，两只手都数不过来。

"有草稿纸吗？"

“笔好像坏了。”

“有多余的笔记本吗？”

……

一堂课才过去二十分钟，余斯燃就回头找了她五次，每次都有新的借口。

姜芽脑海里忽然浮现出以前没带课本被老师批评的场景来，并且将那位老师的话原封不动地送给了余斯燃：“什么都不带，脑子怎么不会忘带！”

余斯燃愣了一秒，回答：“那怪可怕的。”

没有头的余斯燃？想想是挺可怕的。

她认同地点了点头，点完头才反应过来自己明明是为了指责他，结果却掉进天马行空的想象里去了。

台上，选修课老师开始安排课后任务：“这样，为了方便分组，你们就按座位，一列下去，两两一组。下课后，我会把小组作业发在群里。”

周围的人纷纷开始算自己坐在第几排将要和谁一组，姜芽暂停和余斯燃的抗争，立刻投身数位置大军，她得确认自己不会倒霉到和某人分到一组。

结果，倒霉的事还是发生了，好巧不巧，一列十二个人，她在第八个，余斯燃在第七个。

就在她痛恨这气人的“缘分”时，余斯燃再次转头，语气里有几分幸灾乐祸：“好巧啊，姜芽同学，多多指教。”

又是该死的“好巧啊”！姜芽无力地趴在桌上，完全不想搭理他。

好不容易秉着“眼不见心不烦”的心态熬到下课，她正要抱着书开溜，却一下子被眼疾手快的余斯燃给拽住了。

“我们讨论一下选哪部影片作为课后作业？”余斯燃一本正经地问，拽着她的手却没有松开。

“余斯燃，你松手！我有急事！”她故作焦急的样子，就不相信他不会松手。

“什么急事？或许我能帮忙。”他丝毫没有打算松开她的趋势。

姜芽一时编不出什么紧急的事来，最后心一横，也不管什么面子，理直气壮道：“知不知道人有三急！”

趁着余斯燃被她的话惊住的空当，她趁机挣脱开，抱着书一溜烟儿地跑了。

2.

从教学楼回来后，姜芽的脑子里就一直处于乱哄哄的状态，满脑子都充斥着余斯燃最近的所作所为，难道这货是真的想要和自己和好？

寝室里此时只有她和加减，她坐在书桌前发呆，加减在她身后不停地来回走了好几次。直到加减冲进厕所里发出一声哀号，姜芽这才意识到她的异常。

“怎么了？”

“我拉肚子了！不敢相信这种天气我竟然拉肚子了！”加减在厕所里义愤填膺地咆哮。

姜芽哭笑不得：“根据以往经验，你多光顾几趟厕所就能好了。”

“所以我已经‘三顾茅庐’了！”

“也许还有第四次。”

加减闻言，欲哭无泪：“啊！可是好臭臭啊！”

姜芽忍俊不禁：“别说了！这是一段有味道的谈话。”

就在加减闷声和她的肚子进行顽强抗争时，姜芽打算看部电影忘记烦恼事，她把耳机往耳朵里一塞。正当寝室重新恢复安静的时候，加减的一声尖叫再次打破了这份平静。

“豆豆，你能帮我一个忙吗？”加减弱弱的询问声从厕所传来。

“什么忙？”姜芽把耳机摘下。

加减断断续续地概括了她尖叫的原因。总而言之，就是她昨晚答应了要和一个网友见面，而见面时间是二十分钟后，此刻拉肚子不便行动的她需要人代替前去赴约。

“你是不是尿了？”姜芽一下便发现了她言语中的漏洞，瞬间来了兴趣。

加减听出了她话里的八卦味儿，决定放弃抵抗，坦白从宽：“看破不说破！”

“可是万一对方不是我们学校的学生而是个‘抠脚大汉’或者猥琐大叔呢？好可怕！你就不担心我被抓走了吗？”姜芽一本正经地胡说八道。

“豆豆，你最好了！就是朋友见个面，他没回消息，我放鸽子不太好。你见到了，就说我有事去不了就行了。”

姜芽答应了，然后掏出难得涂一次的口红细细抹了起来。第一次见网友的经历就这么突然到来，还怪紧张的。

“我们的暗号是‘天王盖地虎，小鸡炖蘑菇；宝塔镇河妖，蘑菇放辣椒’，你别忘了！”临出门时，加减忽然认真交代她。

姜芽闻言，手上的钥匙啪地掉在了地上。几秒后才从她的暗号里反应过来，捧腹大笑：“你们这是什么‘沙雕’网友！”

5分钟后，南州大学西门口。

离约定的时间还有一分钟，西门附近时不时有人进出，但没有看见像是在等人的。姜芽特意站得离大门远了一些，以便先发现对方，一边观察还一边在微信上给加减汇报行动进程。

看着约定的时间到了，她收起手机，环顾四周，寻找可能是“木头小和尚”（加减网友的网名）的人。下一秒，她吃惊地看到了保安室门口外站着的余斯燃，看样子也像是在等人。

不会这么巧吧。刚一起上完选修课的两人，又都在西门口等人？

等的是加减？应该不太可能……

姜芽决定往另一个角落挪一挪，结果余斯燃竟然若有所察般地抬眸向她看来，两个人视线相触。

姜芽不自在地移开视线，转过身背对着他那边。距约定时间过去了两分钟，西门附近迟迟没有见人停下脚步。

她忍不住回头，下意识地看向余斯燃所在的位置，却没想到再度对上他的目光。

余斯燃走到她身边停下，明知故问：“在等人？”

“不是。”她下意识地反驳，嘴硬地解释，“我在看风景。”

南州大学西门口一向最是冷清，除了几棵树和门口的大马路之外，一览无遗，看的哪门子的风景。姜芽刚说完，两个人同时陷入沉默。大概是太过尴尬，姜芽悄悄地一点一点地往旁边挪，准备伺机逃离这个是非之地。

“天王盖地虎？”就在她在心里暗骂加减网友放鸽子的时候，余斯燃的声音轻飘飘地传了过来。

姜芽整个人瞬间在风中凌乱，不敢置信地试探性回道：“小鸡炖蘑菇。”

“宝塔镇河妖。”

“蘑菇放辣椒。”

两个目光对上，眼里都带着惊讶，几乎是同时开口询问对方：

“你是木头小和尚？”

“你是加减等于一？”

奇怪的是，这个网名一读出来竟有些耳熟。她琢磨了一会儿，忽然灵光一现。和尚，余斯燃那个叫尚嵘的朋友外号可不就是“和尚”嘛。

原来如此，她被自己的机智折服了，得意地追问：“木头小和尚是尚嵘吧？”

余斯燃完全不给她得意的机会，回道：“加减等于一是你那个室友。”

一模一样的语气，摆明了是在和她作对。

“尚嵘自己怎么不来？莫非是尿了？”姜芽想要找回气势，话说出口就后悔了。

姜芽心想，你是猪脑子吗！你自己也是代替加减来的，这一下岂不是连带骂了自己人！笨笨笨！笨死了！

此刻身处办公室的尚嵘平白无故地打了个喷嚏，暗道大事不好，班导忽然叫他来办公室一定没好事。

若不是班导的突然召唤，现在他也许正在和自己的红颜知己相谈甚欢，而且也不至于又欠下余斯燃一个人情。

“想好写哪部电影了吗？”

这话题转得真够生硬啊！她也不揭穿，顺着他给的台阶下：“没有。”

“跟我去个地方。”

姜芽立马拒绝：“不去。学习之外的任何要求免谈。”

余斯燃瞥了她一眼，眼里仿佛在说“姑娘你想太多了”，嘴角边却挂着一丝若有似无的笑：“作业需要。”

她故作冷漠地“哦”了一声，然后毫无反抗地跟在他身后，七拐八拐地进了一家装潢古老的小书店，最后进入一个灰暗的小房间。

房间本就不大，里面的东西尽入眼底。一面雪白的墙壁，挂着投影的幕布，正对面摆着一个沙发，而沙发后面堆了些投影用的器材。

余斯燃打开了房间的灯，整个房间笼罩在朦胧的灯光下，很有看老电影的氛围。

“你怎么发现的这个地方？”姜芽被这个地方惊喜到了，连声音都变得雀跃起来。

余斯燃神态自若，蹲下调试投影器材，声音波澜不惊：“尚嵘推荐的。”

熟悉的前奏声音响起，她看向荧幕，果然是《罗马假日》。不得不承认，她当初也考虑选择这部电影作为作业的题材。

然而，姜芽突然想到了这个作业还有个要求，眉头就忍不住皱了皱。作业的要求是在完成英文赏评的同时，对喜欢的场景进行演绎。

这就意味着，她要和余斯燃演感情戏……

她朝着余斯燃望了一眼，心里有了一丝担忧。

3.

世上没有过不去的坎，如果有的话，就到坎边再想吧。

她长叹一口气，放弃思想斗争，一股脑坐在沙发上。屏幕上的电影开始播放，姜芽把所有的注意力都投入到了电影中。

余斯燃调试好，确定没问题后，便到沙发上坐下。姜芽察觉到身边的动静，偏了偏头，两人之间只离了一个拳头般大小的距离，心跳有点不自然地加快。她把注意力重新转回屏幕，然后暗地里开始偷偷往右边挪动，直到离了他差不多三个拳头的距离，才满意地停了下来。

两个人安静地看着电影，狭小的房间里静得能听见彼此的呼吸声。等到这部电影最经典的一幕如期到来，安妮公主眼里含着泪光却笑着转头，姜芽受到触动，双眼跟着起了水雾。

“When I was young ,I'd listen to the radio……”熟悉的片尾曲响起，姜芽在假装整理刘海的同时偷偷用手擦掉眼泪。

再抬头去看屏幕时，上面正好弹出一个动态的恐怖图片，一个唇红齿白、皮肤惨白的女鬼，长长的舌头露在外面，做着恐怖的表情。姜芽几乎是条件反射地蹦了起来，刚想走，却被什么绊住，一下子重心不稳就要往后倒去。余斯燃立即伸手拉住她，但因为用力过猛，把她整个人往自己的方向带了过去。然后，姜芽摔进了他的怀里。

她还处在刚刚受到的惊吓中没有平复过来，双眼紧闭。一股凉风从耳根拂过，她更是动都不敢动弹。而始作俑者本人此刻也正紧张得不敢动，鼻尖充斥着茉莉味的发香，几缕不安分的头发拂在右脸颊上，痒痒的。

“余斯燃，你是不是有病！”姜芽回过神来，看到眼前的余斯燃，脸变得通红。她立刻从“肉垫”上起来，右手指着他气得说不出话来。好不容易凑成一句完整的话，又觉得不解气，冲着他的脚踹了一脚。

“嘶！”余斯燃痛呼出声，转眼见她真的生气了，立刻乖乖认错，“我错了。”

姜芽的心情本就七上八下的，因为他的道歉也不好再发作。于是她转过身，语气故作凶巴巴：“你再这样，绝交！”

“遵命！所以，姜同学，可以通过一下微信好友吗？”余斯燃抬眼看向她，言辞诚恳地补充道，“以便约排练时间和交流进度。”

她背着身一脸纠结，最终还是妥协了：“我回去就通过。”

“现在吧。万一你回去就翻脸不认人了呢。”

“幼稚。”姜芽掏出手机，通过了他那条好友申请，然后还拿手机在他面前晃了晃，“这下可以了吧！”

“很可以！”余斯燃看着姜芽耳朵上的红晕，笑容挂在了脸上，“走，请你吃麻辣烫。”

“为什么啊？”姜芽有点忘了被吓的事情。

余斯燃的脸转向屏幕，姜芽也傻兮兮地转过头看。果不其然，姜芽同学再次被吓到了。

姜芽气呼呼地瞪着他，余斯燃一个转身把屏幕关上了。

“豆豆你是不是傻，我没叫你往屏幕看。”

姜芽听了这话，感觉余斯燃是在嘲笑她，于是转身往外走。还没走出门，手腕却被一个人拉住。余斯燃快步赶上她，走到了她的前面，拉着她走。

“你干吗？”姜芽开口问。

“带你去吃麻辣烫。”

姜芽想要挣脱他拉着她的那只手，可惜力气真的太小了。她索性放弃挣扎，边走边嘟囔：“小气鬼余斯燃。”

余斯燃听到了她的吐槽，几乎是下意识地反问：“你不是喜欢吃的吗？”

话一说完，两个人都愣住了。

高考后的暑假，在两个人相熟之后，她便经常在晚饭时间拉着他去梧桐镇小吃街的一家王记麻辣烫。吹着凉爽的夜风，他们面对面坐在外边的木桌旁，哧溜哧溜地吸粉丝。有时候，甚至还会无聊地进行各种无厘头的比拼。

“行，那我多吃点。”她率先说话打破平静。

南州大学外，“好姐妹麻辣烫”店内。

两个人面对面坐着，谁也不说话。麻辣烫还没有做好，于是两人又陷入一种莫名的尴尬之中。

手机传来微信的提示音，姜芽掏出手机一看，是加减询问结果的消息。

姜芽低头打字，给加减回复：“你的网友竟然是尚嵘，巧的是，他也有事没来，来的是他朋友。”

加减：“世界这么小的吗？完了！还好我们都没去，不然得有多尴尬。”

姜芽看了一眼余斯燃，又低头回道：“世界是真的小。”

加减：“你回来吧，我们去吃饭。”

姜芽：“我已经在吃了。”

热气腾腾的麻辣烫上桌，她收起手机，正要开动，余斯燃忽然开口问：“比一把？”

“不比。赶紧吃，吃完我们把作业解决了。”她不冷不淡地说，然后径自低头吃起来。

余斯燃闻言，眼底划过一丝落寞。

之后的整个排练，她都像变了个人似的，做什么事都变得公事公办，台词也只是冷冰冰地过了几遍。

感情戏里，真真假假，谁先动真，谁就输了。

只有姜芽自己知道，她是在害怕，害怕自己再动心。

4.

两人把选择的电影片段完整演练了一遍后，余斯燃忽然问她：

“万一你被抽到上台表演，会紧张吗？”

他问的正是她所担心的，姜芽犹豫着开口：“会吧。”

余斯燃突然俯身，两眼认真地盯着她看，说：“那我帮你治好打嗝吧。”

两个人的脑袋只离了几厘米的距离，姜芽被他盯得浑身不自在，闪身避开，毅然决然地拒绝：“不要。”

余斯燃嘴角边勾起一抹笑，话里带了几分威胁：“你不让我帮你，我就让全校知道你一紧张就打嗝。”

姜芽瞪他一眼，丝毫不认怂：“你敢说我就把你的跳舞视频公布于众！”她忽然记起上次在曳舞社偷拍到的他跳曳舞的视频，气势一下子便上来了。

只要他敢泄露出去一个字，她就让全校女生看到她们眼里的帅气新生是多么四肢不协调！

余斯燃有点迷茫，显然没听明白她口中的跳舞视频是什么。

她好心提醒道：“曳舞社面试。”

随后，他的脸色唰地变了，但很快又变得笑吟吟，说：“你敢发出去，我就把你的丑照贴满学校。”说着，他还在她面前摇了摇自己那根本没有所谓丑照的手机。

姜芽不相信地质疑：“不可能！你哪儿来的丑照？”

“暑假不小心拍到的。”

她咬牙切齿，强忍着满肚子的火气和他打商量：“我删视频，你删照片。”

“然后帮你治打嗝。”他顺着她的话接下去。

姜芽实在想不明白他究竟为什么这么热衷于帮她治好打嗝的毛病。虽然这件事对于她来说，有利无害。

最后，这场幼稚的把柄比拼以二比一，余斯燃胜利结束。

姜芽按照他的指挥在窗边乖乖坐好，右手撑着下巴，看着窗外发呆。忽然，窗外冒出余斯燃的脑袋，脸就贴在窗前，吓得她整个身子一震。

“嗝……嗝……”

打嗝声不负众望地来了。

她连忙给自己灌了一口白开水，打算等余斯燃进来后定要好好斥责他一番。可等了好一会儿，也没在大门方向瞧见他的身影。

她一边拍着胸脯顺气缓解打嗝频率，一边犹豫着要不要出去找他。后面突然伸出一只手，猛地拍了一下她的肩膀，她的打嗝声戛然而止。

“果然有用！”余斯燃得意扬扬的声音在身后响起。

姜芽怒气冲冲地回头指着他骂道："你……嗝，你是不是……嗝……有病！"

意料之外的打嗝声响起，余斯燃不敢置信地低头看着手机里刚搜到的办法，嘴里念叨着："怎么不管用啊。"

姜芽凑过去看，只见他手机屏幕停留在百度页面，偌大的标题写着"专治打嗝小窍门"。

她无奈地叹了口气，还真以为他能想出什么好点子呢。百度上的这些办法她早就尝试过，大多都没什么效果。

"没用的，我都试过了。"她心累地趴回桌子上。

"那是你操作不规范。"余斯燃理直气壮。

听他这话，她倒像是个机器了？

随后，余斯燃又端来一杯温开水，递给她，说："屏住呼吸，连续喝七八口。"

姜芽接过水，一脸"你认真的吗"的表情。等看到余斯燃坚定地点头，姜芽无奈地照做。行吧，到时候看他被打脸好了。

就在她终于喝下第七口温开水后，余斯燃坐不住了，两眼紧紧盯着她看。姜芽瞥了他一眼，刚想说话，一开口，便打了一个扬长的饱嗝。

"你能不能想个靠谱的法子？"姜芽咬牙切齿地问。一下子喝了两杯水，她现在只想快点去上厕所。

余斯燃闻言，一脸惊讶："你不打嗝了？"

姜芽白了他一眼，气得拳头痒痒只想揍人："我现在一点都不紧张！"

说完，她就转身去了厕所，留下智商掉线的余斯燃坐在那儿继续翻着手机怀疑人生。

姜芽万万没想到的是，就在她收拾好自己走出厕所的那一刻，余斯燃忽然从旁边窜出来，大喊了一声"嘿"。

她冷不丁地被吓了一跳，整个肩膀都抖了一抖，气得口不择言："余斯燃！嗝，你有病，嗝，就赶紧去治！"因为突然的惊吓造成紧张，以至于她又开始打嗝。

余斯燃显然没想到自己的操作把她吓得不轻，乖乖认错："我不是故意的。"

为什么受到惊吓的是她，他却看起来一脸还挺委屈的样子？

姜芽愤愤地控诉："我看你是蓄谋已久的。"

"我是觉得突然惊吓这个办法还是值得多试试的，所以才……"

姜芽毫不留情地打断他的解释："解释就是掩饰，掩饰就是事实，事实就是你伺机报复！"

“你这是以小人之心度君子之腹。”余斯燃立刻反驳。

“你说我是小人？”她挥挥拳头，话里满是威胁，“是不是想念我的‘九阴白骨爪’？”

“九阴白骨爪”是她自创的挠痒痒绝技，只要打不过，这就是最有力的武器，屡试不爽。

想当初暑假那会儿，她刚入坑“吃鸡”游戏，技术菜总是被他明里暗里奚落，就是靠的“九阴白骨爪”赚回来的面子。

想到这里，她懊恼得想要一巴掌拍醒自己，自从在南州大学重新遇见余斯燃，她就时不时回想起刚认识他的那段日子来。

她在心里不停地告诉自己，她不是一个念旧的人。

但是，她忘记了，她是一个特别重感情的人。

余斯燃听到久违的“九阴白骨爪”五个字，一瞬间也失了神，看着她的眼神逐渐变得复杂起来，欲言又止。

姜芽看到他欲言又止的样子，害怕他旧事重提，躲开他的目光，夺过话头：“这个办法就此终止，不要有第三次。”

她怎么也琢磨不出来有气势的威胁，只能补充：“再有第三次，绝交，大路朝天，各走一边！”

余斯燃答应得也爽快：“好，那进入下一个方法，按天突穴。”

“什么玩意？”她脱口而出。

余斯燃解释道："天突穴相当于肺与自然相通的通道，清气从这里进入肺部，浊气从这里呼出体外。按压天突穴能导气，能够缓解打嗝。"

姜芽听得云里雾里，总觉得这话有些熟悉，但又想不起来在哪儿听到过："天突穴？这穴位在哪儿？"

余斯燃指向自己胸骨窝上方的正中处，说："按住两分钟，不许动。"

她按照他指的地方，用食指按住，问道："是这样吗？"

话音刚落，食指便滑离了原来按着的位置，于是又急忙按回去。

余斯燃正要点头，看见她手指按在锁骨位置，几乎是下意识地伸手帮她规范动作，抓着她的食指往右移了几分距离。

姜芽也没意识到这举动有什么不妥，乖乖地按在天突穴上，可还没到一分钟，食指便因为用力过久有些抽筋，忍不住偷偷在原地转了转。

"重来。"余斯燃眼尖地捕捉到了她这一动作，冷冷地开口。

"我没松，不用重来吧……"她撇撇嘴。

"不行。"

"我不。"她倔强地抗争到底，再坚持十几秒，时间就要到了。

接下来猝不及防的事情发生了，余斯燃拍掉了她的右手，将自己的食指按在了她的天突穴上。

姜芽顿时傻愣在原地，没有做出任何反抗，脑子一片空白，耳根发烫。

刹那间，仿佛整个世界都安静了，她甚至能听见自己那一下又一下“怦怦”雀跃着的心跳声。

5.

安静的两分钟过去了。

余斯燃松开按着天突穴的右手指，示意她说话。

姜芽猛地记起什么事来，懊恼得直跺脚：“我们是不是傻！我没打嗝，按这穴有什么用！”

余斯燃恍然大悟，眼神有点飘忽。为了自己的面子，余斯燃假装镇定，辩解道：“只有你傻，我这是在演练。”

“哦，就你聪明。”姜芽朝着他翻了个白眼。

她深深觉得世界欠他一座奥斯卡金像奖，严重怀疑其她女生口中的高冷冰山说的是同校同名同姓的另一个余斯燃，而非眼前这位。

可转念一想，她记起他本人曾经对此解释的“因人而异”，并且最后还把她也纳入了两面派的队伍当中。而且，更让人气愤的是，她竟从他冠冕堂皇的一大堆理由中找不到任何毛病，成功被扣上“两面派”的帽子。

他是这样总结概括她的：姜芽，生人面前腼腆乖巧，熟人面前疯癫欢脱。

姜芽同学无言以对，只能微笑。

姜芽原以为她的治嗝之路就此告一段落，却没想到刚回到寝室，凳子还没坐热乎，手机就收到了余斯燃的微信消息。

“下来。”

她立刻跑到阳台，往下一看，果真见他等在楼下，手上还提着一个保温杯。经过的女生有几个故意停下，偷偷打量，好奇他会在女生寝室楼下等谁。

姜芽从柜子里翻出一顶运动帽戴上，使劲把帽檐压低，飞速下楼。到楼梯口的时候，她还探出脑袋左顾右盼巡查了好几眼，趁着没什么人赶紧跑了过去。

“你来干什么？”她跑到他身边，小声问道。接着，她偏头看向另一边，假装不认识他。

余斯燃一眼洞悉了她的想法，也假装无事发生，就是不理她。

姜芽见他没反应，以为他没认出自己，于是抬了抬帽檐，拽了一把他的衣服又立马松开，仰着头，说：“是我，快说你来干什么？”

一个女生提着购物袋朝从这边走来，姜芽咬了咬牙，压低帽檐，一把抓住余斯燃的手臂开始跑。

“说吧，什么事？”

她拉着他跑到离女生寝室楼几十米外无人的草地才停下，累得扶着树直喘气。

余斯燃气定神闲地站在一边，等她喘够了，把手上的保温杯递给她。

姜芽接过保温杯，一脸疑惑地打开，一股刺鼻的药味扑面而来。她眉头一皱，看向里面黑乎乎说不出什么颜色的药，啪地又立马盖上了。

“这是什么？”她嫌弃地把保温杯递还给他。

余斯燃挑眉，语气里颇有几分得意：“治打嗝的，快喝了。”

她不敢置信地再次打开保温杯，总觉得自己抱着一杯“黑暗料理”，一脸怀疑：“你确定不是想毒死我吗？”

“你还想不想治好打嗝？”

“想。可这……闻着就很苦！”

“良药苦口。”

抵抗无效，她一脸视死如归地捏住鼻子，仰头喝了一口。复杂的味道充斥着口腔，太难喝了！她没办法咽下去，胃里一阵恶心。

终于，她还是没忍住，把那一口药吐了出来。

“这么苦？”

姜芽气不打一处来，把杯子凑到他跟前：“有本事你喝。”

只是喝了一口，连说出的话都仿佛是带着味道的。而且那味道莫名有一种午时茶颗粒和藿香正气水这些药的结合版，难喝到她说不出话来，她太想哭了。

余斯燃闻着这味道同样一脸嫌弃，盖上保温杯，犹豫着从口袋里拿出了一颗大白兔糖，塞到了她手里。

“大白兔！”姜芽仿佛看见了救星，连忙剥开糖纸，放进嘴里。

甜味瞬间取代了苦味，她心满意足地眯眼，连心情都跟着变好了。

“没想到你也会买大白兔吃啊。我可记得，暑假我给你吃，你还一脸嫌弃呢。呵，善变的男人。”

“我本来就不吃。”他才不会承认自己是在来的路上特意去小超市为她买的。

“啊，我知道了，哪个小姑娘送的吧？”她恍然大悟，“真不知道为什么你这么受欢迎，看样子那些小姑娘眼神都不太好啊”。说着说着，口里的糖忽然没了甜味。

“吃的都堵不上你的嘴。”余斯燃剥开一颗直接塞进她嘴里。

“还不让人说实话了。”姜芽含着糖，含混不清地反驳。

他把保温杯塞进她怀里，没再搭理她，然后从口袋掏出一个巴掌大的小本子自顾看了起来。

姜芽好奇地凑过去看，只见本子上写着一些莫名其妙的“止嗝大法”。

1. 喝水弯腰法；

2. 惊吓法；

……

还真是为了治好她的打嗝煞费苦心啊。

只是，她怎么觉得这些方法都有点眼熟呢……啊，这不就是百度的吗！想当初她刚发现自己一紧张就会打嗝时，好长一段时间的百度搜索历史列表全是“防打嗝办法”“止嗝小诀窍”这些词条。

她哭笑不得，心里却无端起了一点点微妙的涟漪。她要不要告诉他，这些办法她都试过并且没有任何成效呢？

她抬头看向余斯燃低头思考的侧脸，还有那双认真的眼睛。

算了算了，说不定真的是她操作不规范呢。

Chapter 04

余斯燃钓鱼，姜芽不上钩

1.

立秋虽过，但秋老虎迅猛，午后骄阳似火。

姜芽咬了一口冰棍，惬意地眯了眯眼，开心地哼起了歌儿。

右侧并排走着的饱饱咬了一口她的“小神童”，然后一脸八卦地凑到她跟前问：“你这几天很开心？”

“嗯。”她含着冰棒，含糊回道。

“你最近和那个余斯燃走得挺近。”

“他啊，以前就认识了，不过不是很熟。”她假装漫不经心，想要糊弄过去。

饱饱正要再进一步询问时，姜芽的手机铃声适时响了起来，她如蒙大赦，趁着接电话顺便扔掉冰棒，赶紧逃离。

西杭大学篮球队要和南州大学篮球队打一场友谊联赛，程桉在电话另一头诚挚邀请姜芽前去观看。

程桉作为西杭篮球队的主力，长得还不错，自然不缺姑娘呐喊助威。姜芽义正词严地拒绝："不去，看腻了。你又不缺我这一个啦啦队员。"

"小爷我英俊潇洒、玉树临风、一表人才，自然不缺啦啦队员。但是，竞争对手的校友都来给我加油岂不是更有面子，尤其还是美女。"

"前两句驳回，也就最后一句说得像老实话。"姜芽嫌弃地评价道，但她也并不打算轻易答应，"可是，我走累了，口干舌燥，不太想去。"

"一箱旺仔。"

"我的 AD 钙奶好像喝完了。"

"再加一箱 AD 钙奶。"

"成交！"

挂了电话，姜芽转头看向在一旁等待的饱饱，朝着她挤眉弄眼：

“西杭和我们学校的篮球联赛，去看吗？”

饱饱小鸡啄米似的狂点头，随后又想起什么，一脸促狭：“你是不是又搜刮到你那发小什么了？”

“什么叫搜刮，那是他犒劳我的。”

“是是是，一个愿打一个愿挨嘛。”

……

两人嬉笑打闹着，转眼就到了西杭。

在去篮球场的路上，身后有人叫她名字，等她转过身便看见臂弯里挂着篮球服的尚嵘，他身边站着的人是同样拿着篮球服的余斯燃。

“哎，姜芽，真的是你们啊。”尚嵘一脸惊讶。

姜芽冲着程桉那句夸赞决定给他撑场子，还特意回去化了淡妆，换上了新买的网纱半身裙，和平日里朴素简单的打扮确实有些不一样。

“你们去打球？”

“啊，对，和西杭篮球队。”尚嵘笑嘻嘻地回道。

余斯燃站在一边一声不吭。

姜芽站在原地打量余斯燃，据她所知，余斯燃并没有加入篮球队。

“你也是？”她疑惑地看向余斯燃，冲他抬了抬下巴。

余斯燃依旧一言不发，尚嵘跳出来打圆场：“他是我搬来的外援！西杭篮球队有个叫程什么来着的小子，球打得挺猛。”

“程桉？”

“对，就是这小子！你认识？”

“我朋友，他球确实打得不错。”姜芽一脸淡定。

说完，她瞄见余斯燃眼里闪过一丝不屑。

看样子很有自信嘛，她倒要看看他篮球打得怎么样。

尚嵘他们要去换衣服，而她们直接去比赛场地。两边刚分道扬镳，姜芽的手机就收到了余斯燃发来的微信消息。

“等会儿比赛给我们加油。”

“不行，我已经答应了要给我朋友加油。”姜芽一字一字地回复。

“我这几天为了你的嗝操碎了心，你连这点小要求都不能答应？”

姜芽从他的字里行间感受到了一丝幽怨，顿时起了一身鸡皮疙瘩。她忍不住抖了抖，继续噼里啪啦敲字，回了一大段话：“刚刚问你一句话，你都不理人！现在这意思是说我小气、不懂得知恩图报？刚才干啥去了？”

“你看着办。”

这是软的不行来硬的？她气愤地发了一张拿着四十米大刀的表情包，退出了聊天界面。

“你这是被谁惹毛了？”饱饱看她回完消息一脸要冲去跟人掐架的仗势，一脸蒙。

“我问你一个问题，一个人是你很好的朋友，一个是知道你秘密的人，两个人同时邀请你做同一件事，你会选择答应哪一个？”姜芽一脸严肃地扳过她肩膀问道。

“当然是知道我秘密的人，狗命要紧。”饱饱不假思索地回答。

姜芽深有同感地点了点头。

“所以余斯燃有你的把柄。”饱饱打了个响指，若有所思地分析。

“不可能！”她立即反驳，心里默默一阵咆哮，“乔暖暖同学，你今天眼睛过分毒辣！”

她打哈哈糊弄过去，拉着饱饱在前排最佳观看点坐下，把三瓶矿泉水放在一边。

两队的人在场地上热身，程桉遥遥朝她招手，她正想招手，看见他身边的队友也跟着看了过来，手一顿，转而得体地笑着点头。

饱饱见状，笑得前仰后翻，打趣道：“你这形象挽回得有点慢啊，哈哈哈，手摇得跟拨浪鼓似的忽然卡住。”

“知道什么叫看破不说破吗！”姜芽一掌呼了过去。

“明白！”饱饱立马把手放在嘴巴前做拉拉链状。

她满意地点点头，目光重新转向场地里，正巧看见刚系好鞋带抬头看向观众席的余斯燃。

两人目光交汇，姜芽撇撇嘴，别开脸。

几分钟后，球赛正式开始了，程桉和余斯燃都作为首发人员出场。

姜芽纠结得要命，怎么偏偏两人就一同上场呢。她不太懂篮球，一般只要看见有人进球了，就觉得这个人很厉害。所以在看见余斯燃接过队友的传球一跃而起，篮球精准落入篮筐的那一刻，她下意识地跟着其他观众激动得尖叫。

西杭篮球队也毫不示弱，转眼间程桉便抢到了球，并且带着球连过了两个人，一个起跳，篮球在空中划过一条弧线，最后完美落入球框。

空心三分球，观众席瞬间沸腾，尤其是一些女生在兴奋地叫喊着，其中好几个都在疯狂叫着程桉的名字。姜芽看着她们，心想他真的不缺捧场的，于是她果断转向了给自己学校篮球队加油的队伍。

中场休息的时候，程桉过来找她显摆，吸引了不少西杭女生的视线，尤其是坐她左边的姑娘，就差把耳朵贴过来了。

“你是真的很厉害，你也是真的很受欢迎。”姜芽笑了笑，难得赞赏道。

一连用了两个“是真的”让程桉有点受宠若惊。不过他在场下都注意到了，这人哪里是在给他加油，明明是在骗吃的。程桉恶作剧般揉了揉她的头，说：“说好的给我加油呢？”

“你想啊，给你加油的人这么多，就算我喊了，声音也被盖住了，而我们学校篮球队呢，明显来的人少，怎么也得多点气势吧。所以，你懂的。”姜芽一本正经地解释。

“我不懂。”程桉蹬鼻子上脸，继续揉着她的头发。

“你住手！”姜芽拿手朝着头顶挥挥，“我发型都要被你搞乱了！”

“我不！又没有人看。”

姜芽眼睛微眯，气愤地朝着他的腿踹了一脚，脸上却保持微笑：“我有的是人看。”

2.

短暂的休息后，比赛进入更加激烈的第二节。

姜芽一会儿迫于程桉的视线压力，不得不跟着他的啦啦队大军大喊“加油”，一会儿又得稳住知道自己秘密的余斯燃，在一片鸦雀无声中带头叫好。于是，“脚踏两只船”的她成功地吸引了观众席上所有目光，她两手一捂脸，恨不得找个地洞钻进去。

饱饱默默跟着捂脸，用只有两个人听得见的声音说：“太丢脸了。”

姜芽透过手指缝瞥向四周，见大家的视线重新回到球场，瞬间舒了口气：“天地良心，我真的不知道什么时候该喊加油啊！”

“所以一进球你就加油？”

姜芽理直气壮地拍了拍大腿：“我这是在激励他们进下一个球！你想啊，他们进了一个球肯定特高兴，一高兴就特容易得意忘形，我这一喊，他们就知道‘革命尚未成功，同志仍须努力’，就会再接再厉进球。”

“那请问你为什么两边都加油？”饱饱不死心地追问。

“一边是兄弟，一边是校友，哪边都不能冷落啊。”

饱饱服气地冲她竖了个大拇指。论编瞎话，还是姜芽最强。

比赛结束，两边竟然打了个平局，姜芽露出了老母亲般欣慰的笑。

她揣上两瓶矿泉水，飞快奔向程桉。为什么这么热情、这么迅速？

因为犒劳完这位兄弟，还有一个“债主”正在等着她。

就在这时，戏剧性的一幕发生了。

她右脚的鞋带不知道在什么时候松开了，在她距程桉还有 30 厘米的地方，她的左脚踩上了右脚的鞋带，整个人以一种极其滑稽的姿势摔在了程桉以及他的队友面前。

更尴尬的是，她还穿着新买的仙女裙，于是她的第一反应便是自己有没有走光。

程桉也被她的这一跤吓得不轻，快步走过来扶起她。

姜芽拍了拍手上的灰尘，捡起地上的矿泉水递给他，清了清嗓子强装淡定：“给你的。”

程桉的一个队友呵呵笑了两声凑过来，打趣道：“女朋友？太贴心了吧。”

“我是他姐。”她急忙解释，说完，还怕他不相信又补充了一句，“我比他大两个月！”

程桉冷哼一声：“才两个月。”

姜芽拧了一把他胳膊上的肉：“大一天也是比你大。”

话音刚落，姜芽意识到自己手上还拿着一瓶水，这才记起来自己还有一尊“大佛”没解决，急匆匆地留了一句“我有事先走一步”便朝自己学校篮球队聚集地跑去。

西杭篮球队一个穿着 7 号篮球服的男生拍了下程桉的肩膀，问：“学弟，你姐挺可爱啊，有男朋友吗？”

程桉的眉头不着痕迹地皱了一下，回了一句：“有。”

7 号男生随之叹了口气：“那可惜了。”

“喏，你的水。”姜芽把水扔向余斯燃，弯腰喘气，随后还拍了拍裙子上刚刚因为摔跤沾上的灰。

余斯燃一把接住矿泉水，问：“有纸吗？”

她从包里拿出小包餐巾纸，丢给他。纸刚丢过去，便注意到他身后有一个女生，拿着一瓶水和一块毛巾，落寞地走开了。

她犹豫了一会儿，叫他回头看那个女生：“是不是来给你送水和毛巾的？”

余斯燃摇头，淡淡地说：“不认识。”

“我们计算机系的女神乔薇啊，你竟然说不认识？”尚嵘不知道从哪儿冒出来，揽住余斯燃的肩膀，一脸骄傲。

“很有名吗？”余斯燃扭头看向他，虽然是问句，语调却没有一丝起伏。

“没你有名。”尚嵘无语凝噎，良久才冒出一句。

说完，他歪头朝姜芽吐槽：“你说他这人是不是有毒？还冰山美男、谦逊公子，那些女生怎么就喜欢他这款呢？”

姜芽难得地和他达成共识，拼命地点头表示认同，两人还极有默契地当着余斯燃的面击了个掌。

击掌完毕，两人忽觉后背发凉，一齐瞥见余斯燃的冷眼旁观。打不过就跑嘛，于是她随便指了一个地方说：“我室友在等我，我要走了。”

尚嵘也求生欲极强地跟着说：“有人在叫我，我也要走了。”

两人说完就要开溜，不过这次姜芽没有那么好运了，余斯燃眼疾手快地抓住了她的手腕，然后毫不留情地揭穿：“你室友早走了。”

“啊？”姜芽望向观众席，果然，饱饱早已不在。

这个饱饱啊！竟然不等她！

姜芽开始思索新理由，余光瞥见正向这边走来的程桉，连忙用另一只自由的手拼命地朝他挥了挥。

程桉看到了姜芽的暗示，抱着球就走了过来，还不忘跟余斯燃打个招呼。余斯燃看了看自己牵着姜芽的手，轻轻地松开了，然后将视线转向了程桉。

两个人看着都面无表情、淡定自若的样子，实际上交汇的目光里都暗暗较着劲儿。

姜芽夹在两人间，总觉得气氛有点微妙，她咳了一声，拉着程桉，和余斯燃道别："我们有事先走，拜拜。"

"姜芽。"余斯燃叫住她。

"嗯？"她回头，一脸疑惑。

"明天赏析课见。"

"啊，明天见。"

看着姜芽离开的背影，余斯燃垂在两侧的手不由得紧紧握成拳头，咬牙重复着"我们"两个字。

好气啊……

"他是谁？"出了篮球场，程桉终于问出了口。

"同学。"姜芽愣了一下，淡淡回复道。

程桉一直等着姜芽继续说，结果姜芽好像并没有说下去的意思。

"就没了？"

姜芽一怔，仔细地想了想回道："不然呢？"

她和余斯燃目前可不就只有同学关系吗，比白纸还白的同学情。

一个提着一箱旺仔牛奶的女生从身边经过，她瞬间重燃激情，猛地一拍程桉的背："走吧，旺仔和 AD 钙奶安排上！"

程桉被她猛地一拍，差点咳出一口老血。

真暴力！

从小卖部买了两箱奶出来后，程桉丝毫没有要帮她提的苗头。

吃人嘴软，姜芽深吸了口气，一手提起一箱，心里默念道：“男儿当自强。”

没走几步，她便累得开始出汗，把箱子往地上一放，停下不动了。

“程桉同学！你良心何在！”她一屁股坐在箱子上，控诉道。

“在这儿呢。”程桉指向心脏所在，一本正经地回答。

“我太可怜了，买不起旺仔喝，也买不起 AD 钙奶喝。好不容易买到了，还提不回去。”姜芽眼珠子一转，计上心头，委屈巴巴地嘟囔着。说着一边可怜兮兮地摊开手掌，揉揉勒红了的手指，“我太命苦了，还遇见了一个没良心的男生，我一个弱女子，提着千斤重的东西，他竟然还无动于衷，实在是太冷血了……”

程桉一头黑线，把她从箱子上一把拽起来，提起两箱奶默不作声地往前走。

姜芽瞬间眉开眼笑，乐滋滋地跟在身后补充她的故事结局：“终于，这个冷血的男生被我的美貌和坚强打动，主动提过了东西。”

3.

阳光和煦，微风轻柔，小道两边的桂花树散发出阵阵清香。

而此刻的姜芽却无心享受微风，满面愁容地走在去教学楼的路上。

临出发前，她兴致盎然地拉着饱饱用卡牌测了自己的运势。说好的今天是金牛座的幸运日呢？结果饱饱却叹了口气，接着又叹了口气。

她打死也不肯信，因为昨天她还收到一封情书呢，这可是时隔五年之久她收到的第一封情书，这说明什么？这说明她的好运来了。

姜芽刚这么想，手上提着的垃圾袋非常不给面子地破了底，垃圾稀稀拉拉掉了一地……

看来今天的鉴赏课很危险啊。

不不不！她在路上自我安慰地设想了无数的可能，比如鉴赏课老师请假了改上自习，再比如没有抽中她这组，又或者是抽中她的时候正好下课……

就在她幻想到第 17 种可能时，她已经走到了鉴赏课教室门口。

“唉！”她重重地叹了口气，然后迈着沉重的步子走了进去，在后排找到一个角落坐下。

“准备得怎么样？”余斯燃不知何时来的，坐在了她身后的位置上。

“还可以。不过还不一定会被抽中呢。”姜芽莫名有点心虚。

“上去了别紧张。”余斯燃安慰道。

“我才不会紧张。”姜芽傲娇地说，但越说越心虚。

“你就当他们不存在，眼睛尽量一直看着我。”

姜芽闻言，心里默默地想：看你我更紧张。

紧张的点名环节如约而至，鉴赏课老师选择了随机叫号，她和余斯燃是第 11 组。她的整个心都跟着吊到了嗓子眼，恨不得能从老师的唇形上预知她下一秒要报出口的数字。

“6 组。”

姜芽瞬间松了一口气。她一边兴致勃勃地看着别组的精彩表演，一边开始担忧下一组会是哪个号。

时间一分一秒地过去，鉴赏课老师又一连叫了两个组，都没有他们，姜芽悬着的心开始慢慢放松下来。

“有没有哪位同学自己想上来表演？”大概是看到同学没有什么激情，老师突然问道。

姜芽闻言，整颗心算是彻底平稳下来。只要她不主动举手，他们就完全没有要上台表演的可能性。

后排，余斯燃忽然悄无声息地举起右手，然后手又很快地顺势滑下撑住下巴，整个过程行云流水。

“咱们欢迎余斯燃同学上台。”鉴赏课老师笑着说。

台下瞬间掌声雷动，鉴赏课老师更是眉眼弯弯，一脸笑意，显然也是个颜控。

姜芽一脸震惊，不敢置信地捏了捏自己左手背上的肉，疼痛感清晰地从手背传来。

“你举手了？”姜芽对着余斯燃做口型。

“走吧，搭档。”显然，余斯燃并不打算直面回答她的问题。

“我就知道……”姜芽决定在心里画圈圈诅咒他。

余斯燃站在过道上等她，所有人都在看着这边。她迎着众人的视线，硬着头皮站起来，低声问了一句：“我能不上吗？”

“显然不能。”

姜芽脑袋一团乱麻，她已经快把台词忘得一干二净了。两人并排走向讲台，她的右手和他的左手时不时不小心地碰撞到手背。

忽然，她感受到自己的小拇指被他的左手轻轻捏住，很快又被松开。耳边响起他的低声鼓励：“你可以的。”

简单的四个字仿佛有一股魔力，她握紧拳头，暗戳戳给自己打气：姜芽，你一定能行的！你是最胖的！

她闭上眼，深吸一口气。再睁开眼，四周安静，此刻脑海中只有安妮公主和乔。

短短的5分钟漫长得犹如过去一个世纪，姜芽说完最后一句台词，整个台下响起一片掌声，把她拉回了现实。

整个表演过程出乎意料地顺利，姜芽整个身心松懈下来，如释重负地笑了。

就连鉴赏课老师都满意地夸赞道：“余斯燃同学和姜芽同学的表演非常棒，接下来要表演的同学可就有压力了。”

回座位的路上，余斯燃用只有他们两个人才能听见的音量得意地说：“我就说盯着我看就不会紧张吧。”

“那是我厉害，你别瞎邀功。”表演完成了，气势也跟着上来了，姜芽不以为然地辩驳。

“还真是翻脸不认人。”

“我这叫阐述事实。”她理直气壮地回道。

她总觉的，自己一和余斯燃怼起来就特别容易奓毛，完全没有了淑女形象，可偏偏就控制不住怼回去的那张嘴。

反正也不是第一天认识了，于是她丝毫不收敛地补充道：“我的第六感告诉我，今天的表演会进行得非常顺利，男人永远不要随便质疑一个女人的第六感。”

说着说着，她的声音越来越弱，这种话一定不是她说的！

10 分钟后，下课铃声响起，她半弓着腰磨磨蹭蹭地收拾东西，把本子和书放进抽屉又拿出来，然后又放进去，如此循环往复着同一个动作。

余斯燃从她身边经过，留下轻飘飘的一句："晚上见。"

姜芽一脸茫然，晚上见？

她可没约他晚上见。

4.

姜芽刚打开寝室门，里面猝不及防伸出来一只手，一把将她给拽了进去。

"你们这是在干什么？"

她一脸蒙地看向其余两人，只见加减的面前整整齐齐地摆了三把凳子，大米坐在她的正对面，颇有一种三堂会审的架势。

随后，她被饱饱拉着在其中一个凳子坐下，刚坐下便瞧见加减向她投来的求救目光。

大米和饱饱对望一眼，饱饱点了点头，大米清了清嗓子说："好，人都到齐了。简嘉同学，交代吧。"

"什么情况？"姜芽云里雾里。

大米言简意赅地总结道："简嘉同学晚上要请我们吃饭，尚嵘付钱。”

“你竟然这么快就跟尚嵘好上了！”她瞬间准确地听出了这句话里的猫腻，激动得拍掌。

“你知道他们俩有一腿？”饱饱惊讶地问。

姜芽立刻把上次她代替简嘉去见网友的事迅速交代了一遍，只不过把自己和余斯燃的后续删减了。

加减一脸弱小无助又可怜的表情控诉道：“我就说网上认识的，你们两个偏偏不信。”

饱饱将八卦体质发挥到极致：“你就不怕网线的另一头是个面目惊人的‘抠脚大叔’？处于虚拟世界相识的你们是靠什么吸引彼此？你怎么这么快就被他搞定了？你们现在什么阶段了？”

加减欲哭无泪，她做错了什么，偏偏要成为寝室第一个脱单的人？她在心里的记仇小本本上记下饱饱同学的大名，开始讲述她和尚嵘的网友之路。

果不其然，平淡的语调加上没有丝毫波澜起伏的剧情，饱饱的兴趣顿时减了一大半。

大米郑重其事地拍了拍她的肩膀，语气诚恳：“晚上我们会好好帮你把关的。”

姜芽在心里默默心疼加减一秒。

加减提前向尚嵘打了招呼，晚上吃饭的时候，尚嵘一反常态没有嬉皮笑脸，还客客气气地给她们又是挪椅子又是拿碗筷的。

“今天的和尚相当斯文啊。”大米打趣道。

“可不是，还有点不习惯。”饱饱附和。

尚嵘听了也不争，一脸正经地解释：“嘉嘉不喜欢我油嘴滑舌。”

一脸正经的表情配上一丝娇嗔的语调，甚是滑稽。

姜芽差点喷出口里的饮料，她抿着嘴偷笑，感叹了一句：“恋爱的酸臭味啊。”

“羡慕啊？”

头顶传来一道声音，姜芽一扭头便看见了负手而立的余斯燃，语气惊讶：“你怎么来了？”

余斯燃在她身边空位坐下，提醒她：“说好的晚上见，还能骗你不成。”

原来他一早就知道今晚尚嵘会请她们吃饭。

“今晚我请客，想吃什么随便点！”

尚嵘站在凳子上豪爽地冲她们挥了挥手，一副土豪撒金子的既视感，加减极其嫌弃地把他从凳子上给拽了下来。

她们四个女孩子是有多能吃？再说了，大排档胡吃海吃又能花他多少钱？想到这里，她们几个同步嫌弃地看向尚嵘，尚嵘见状立即借着去看烧菜的由头开溜了。

几个人视线又一齐转向加减，加减无奈地摊手，一脸的无辜。

大米做代表发言总结道：“太草率了！太不靠谱了！还是不能让尚嵘这么轻易追到我们家加减。”

姜芽和饱饱小鸡啄米似的拼命点头。

当事人之一的加减放弃挣扎，觉得正好可以借此治治尚嵘的花花肠子。

作战目标达到统一后，她们忽然意识到在场还有敌方队友，又一致转向余斯燃，眼里都透着威胁。

余斯燃求生欲极强：“我没意见，我什么都没听见。”

见状，她们满意地点头，开始凑到一起想法子。

讨论完毕，加减总觉得哪里不太对劲，晕乎乎地问了一句：“我是不是站错队伍了？”

“没有！”其余三人异口同声吼道。

余斯燃偷偷地从桌子底下丢给姜芽一个纸团。姜芽莫名其妙地看向他，只见他一脸的没事人样，就好像纸团不是他丢的。

有事不能说吗，都多大的人了还弄传字条这套！姜芽暗暗吐槽了一句“幼稚”，然后展开了纸团。

止嗝小妙招：1. 吹气球 2. 套袋呼吸 3. 掐按中指。

每个方法下面还贴心地画上了动作简化图，姜芽看到第三个图时忍不住笑出了声。大拇指按在中指上，傲娇翘起的小拇指格外吸人眼球，整个动作异常妖娆。

她盯着第三幅图多看了一会儿，脑中自动脑补出余斯燃一边做这个动作一边画的样子来，努力憋笑。

等她偷摸摸收起字条，打算象征性地感谢某人一下的时候，才发现身边的人已经不见了。

大排档帐篷外，尚嵘拉着余斯燃神秘兮兮地密谋着什么。

“是不是兄弟？嘉嘉室友是不是都准备好了怎么为难我了？”

余斯燃闭口不言，好整以暇地看着他，只是脸上一直带笑。

尚嵘无法获取情报，委屈地朝余斯燃右肩轻轻打了一拳：“太过分了！”

“谁让你平时吊儿郎当的花花公子样。”余斯燃揉着自己的肩膀往后退了一步。

“你真不帮我？”尚嵘话锋一转，“唉，可惜了，本来还想帮某人拉近和姜芽的距离呢。也对，距离产生美。”

余斯燃抬眼看他，甩下句“情报没有，帮你没问题”，便头也不回地走了。

尚嵘站在原地，一脸得意。

余斯燃和尚嵘姗姗来迟，一个脸上面无表情，一个笑得春风满面。

“你干吗去了？难不成去学手艺了？”加减偷偷凑近尚嵘，问道。

“牵红线去了。”尚嵘悄声告诉她，然后目光暗指对面的两人。

加减顺着他的视线看过去，瞬间明白了，暗暗竖了个大拇指。

“画得不错。”姜芽见余斯燃回来，轻声夸赞。说完，还若无其事地俯身拿过一串烤串。

“那是。”余斯燃完全不谦虚。

嘿？还嘚瑟起来了。

这时，大米看人都到齐了，便挤眉弄眼看向饱饱。饱饱立即领会，也学着大米看向姜芽，姜芽立刻点头表示收到指示。

姜芽手上干脆利落地刷着辣酱，一会儿撒些孜然粉，一会儿又撒些胡椒粉，动作娴熟，显然不是第一次干这种坏事了。

哪知刚弄完，便听到饱饱在一旁低声吐槽道：“也太小儿科了吧。”

“那你们来。”姜芽下不了狠手，心想着凡事得留个后路，万一哪天她脱单了，她的对象还能少个对手。

她把烤串递给余斯燃，示意他想办法让尚嵘吃下。

余斯燃接过烤串，然后手一松，烤串啪地掉在了地上。然后，他故作惊讶地“呀”了一声，摊手表示自己是无辜的，烤串是自己掉下去的。

明明看见他松的手，居然还狡辩。

姜芽瞪了他一眼，下一秒又不解气地在桌子下踩了他一脚。

同一时间，坐在余斯燃左侧的尚嵘在桌底下向他竖了一个大拇指。

5.

见这一招没法整到尚嵘，大米站起来猛地一拍桌子，颇有气势地说：“一直吃东西多没意思，我们来玩个游戏。”

大米从包里掏出了一副扑克牌，然后开始讲解游戏规则：“每人抽一张，数字小于 10，尚嵘就要说一条自己会怎么对加减好，数字大于等于 10，他就可以指定我们任意一个人喝一杯酒。大家觉得怎么样？”

姜芽闻言，心里开始默默计算，两只手在桌子底下偷偷勾手指头。一副扑克牌共五十四张，从一到九，每个数四张，也就是说共有三十六张。这样一看，对她们有利的牌数占比三分之二。

这很明显是一场专为尚嵘同学设计的游戏，众人纷纷举手同意，当然，尚嵘同学并没有发言权。

尚嵘向余斯燃投去求救的目光，余斯燃在心里权衡一下，越发觉得站在他一边有害而无利，果断选择无视他。

尚嵘认命地抽了一张牌，在众人期待的目光下翻开，是一张“J”。

“你喝。”他喜笑颜开，指向罪魁祸首大米。

大米不以为然，干脆利落地倒满了一杯，仰头一口气干了。

而后几把，尚嵘居然都赢了，姜芽严重怀疑老天爷同情尚嵘被群欺，让他赢得那么顺利。而且，她更怀疑尚嵘对她有意见，4次机会明明可以让每个人都罚喝一次，偏偏她被点了2次名！

就在她第3次被点名，准备凶恶地问尚嵘“你是不是对我有意见，有意见你就大声说出来，这么变相灌我酒是男人吗”的时候，余斯燃夺过了她手上那杯啤酒。

“我替她喝。”

其余几个人瞬间一脸八卦，视线在他们之间来回流连——咦！有情况。

姜芽被他们盯得浑身不自在，没出息地红了脸。

“我来洗牌。”余斯燃从大米那里拿过扑克牌，迅速地洗了一遍牌。姜芽看得一脸迷茫，完全没看出来有什么门道。

“抽吧。”洗完后，余斯燃冲着尚嵘说道。

尚嵘愁眉苦脸的，不情不愿地抽了一张，然后慢吞吞地展开，是“3”。

更震惊的是，接下来他抽的每一张从来都没有大于过 10。

姜芽安慰了。

今夜的尚嵘同学相当悲惨，以 32 次“我会怎么对简嘉好”的表白结束这场孤军奋战的饭局。

姜芽一想到他最后拿来凑数的那句“我可以帮你扎辫子”，因为气急说成了“我可以帮你砸鞭子”就笑到肚子疼。

回去的路上，她实在耐不住好奇，便跑到余斯燃身边问是如何让尚嵘每次都摸到 10 以下的数字。

“想知道？”

姜芽急忙点头，眼里充满了求知的渴望。

“偏不告诉你。”

姜芽被他那欠扁的语气气得牙痒痒，脑里登时响起了：“我有许多的秘密，就不告诉你，就不告诉你，就不告诉你……”

她拼命克制住自己蠢蠢欲动的拳头，默默在心里念道：“我是小仙女，小仙女不动手打人。”

余斯燃看着她气鼓鼓低头不知道在念叨什么的样子，笑意更深：

“其实没有厉害的地方，就是……”

姜芽很记仇，非常记仇，她手一挥打断了余斯燃的话：“我不想知道了。”

说完，她跑到了饱饱的身边，一把挽住饱饱的手，融入了她们吐槽“‘沙雕’男生如何拥有爱情”的队伍。

第二天，姜芽顶着一双熊猫眼去上自习，愣是被饱饱她们笑了好一阵。是的，因为某个神奇的魔术，她昨晚失眠了。

上完自习，姜芽得立刻赶去奶茶店代替大米做兼职。走在出校门的路上，她微眯着眼，迎着温暖的阳光，一连打了好几个哈欠。

忙乎了一会儿，正值午饭时间，没人再来店里光顾，她百无聊赖撑着脑袋发呆，昏昏欲睡。

余斯燃伸手在她面前摇晃了好一会儿，也没见她有反应，纠结再三后用力拍了一下柜台。

迷迷糊糊的姜芽受到惊吓，噌地站了起来。

“服务员，来杯奶茶。”余斯燃撑在台上，对着姜芽说。

姜芽看到是余斯燃，心里有一股气在隐隐涌动。她告诉自己，第一次兼职绝不能太任性！于是，她露出八颗齿标准微笑问道：“请问，嗝……您要喝……嗝……哪款呢？”

怎么回事！她急忙捂住嘴。

余斯燃却一脸欣喜，提醒她："快！那纸团呢？"

姜芽茫然不解，拍着胸口顺气。

他既恨铁不成钢又无奈："止嗝妙招啊！算了，反正我记得，下班了吗？"

经他一提醒，她总算想起来了他指的是昨晚他丢给她的那个纸团。只不过，那个纸团好像跟着裤子进了洗衣机。

"快……嗝……下班了。"姜芽艰难地回复道。

15 分钟后，姜芽跟着余斯燃来到了学校食堂。

两人在角落里坐下，余斯燃神秘兮兮地让她在这儿等着，自己转身离开不知道干什么去了。

大概过了一分多钟，他拿着塑料袋和气球在她对面坐下。

姜芽双手撑着下巴，惊讶于他准备材料的速度。

"你……嗝……认真的吗？"

"认真的。"他左手塑料袋，右手气球，"先来哪个？"

姜芽皱着眉头，在塑料袋和气球之间来回打量。说实话，她觉得两种方法看起来都不太靠谱……

余斯燃看不下去了，直接把气球丢给她。

她拿着气球摸不着头脑，问道：“嗝……怎么操作？”

“你不是看过图了吗？”

她实在不想多说话：“忘了。”

余斯燃没辙，只能给她比画：“双手捏住气球口，憋气用力吹。”

她半信半疑，双手紧紧地捏住气球口，调节好呼吸，深深地吹了一口气。眼见着气球慢慢鼓起来，她再接再厉又接着使劲吹了好几口。

“噗——”

姜芽一下子用力过猛，气球从嘴边“刺啦”一声飞了出去，完美地落在了对面余斯燃的手背上。

她心虚地缩了缩脖子，小心翼翼地用两根手指把气球从他手背上捡起来。眼睛余光瞥见余斯燃的手背上似乎有一滴水光，她再看了眼气球口上沾着的口水，尴尬地咳了一声。

“你手……嗝……有灰。”她在桌下迅速用纸巾胡乱擦了一把气球口，又以灰尘为借口胡乱抹了一把他的手背。

“你，闭嘴。”他咬牙切齿，看破不说破，“快点吹。”

姜芽不满地暗骂：这么凶干什么！不就一丢丢口水，至于吗！

她对着气球赌气似的使劲吹，看着气球越来越大，她越来劲。

“嘭！”

气球在她嘴边炸开，她瞬间被吓蒙了，整个人都愣住。

余斯燃在她面前挥了挥手：“吓傻了？”

“你闭嘴。”她还没从刚刚的爆炸中完全缓过神来，后知后觉地摸了摸自己嘴角。

话刚说完，她惊喜地发现自己没有打嗝了。

“不打嗝了！”

余斯燃也跟着激动起来：“你快多说几个字！”

“说什么？”她因为这个方法的突然奏效，顿时激动得都不知道要说些什么。

“背《咏鹅》！”

姜芽竟毫不犹豫地按着他说的背起了《咏鹅》，刚背完第一句“鹅鹅鹅，曲项向天歌”，她突然意识到好像有点不太对劲……对啊！她为什么要听他的啊！

她气呼呼地站起来，身子越过桌子，伸手想要揪住他的领子。结果发现他的衣服并没有领子，于是，她只能假装无事发生收回手，转而两眼恶狠狠地盯着他：“你是不是故意的？”

余斯燃一怔，随后摇了摇头。

“那你就是成心的！”

余斯燃又摇了摇头。

他的气息扫在鼻尖，姜芽忽然觉得这个姿势似乎不太文雅，重新坐回去，但是眼睛里的火气并没有散开。

“我是蓄谋已久的。”过了一会儿，余斯燃说道。

姜芽听了，愣住了。理直气壮地说出这句话，余斯燃你还真是第一人啊！

说不过，也打不过，姜芽捏了捏拳头，脸气鼓鼓的，活脱脱一个包子模样。

“怪可爱的。”余斯燃一不小心把心里话说了出来。

姜芽耳尖，一字不落听了进去。

心里好像跑进一只小鹿，扑通扑通直跳。她迅速低着头掰手指头，假装什么也没听见。

Chapter 05

“姜丝”牌陈醋不要钱

1.

虽然早已入秋，姜芽却隐隐有一种预感，春天快要来了。

就在她满面春风，心里美滋滋不知道瞎乐呵着什么的时候，走在一边的大米猛地拍了一下她的胳膊：“快看那是不是余斯燃？”

姜芽顺着她指的方向看过去，果真瞧见了第三棵桂花树下身姿挺拔的余斯燃，只不过他的对面还站了一个穿着长裙的女生。

长裙女生两只手背在身后，看这架势是要告白呀。

说时迟那时快，她拉着大米，鬼鬼祟祟地绕到了第二棵桂花树旁的草地，在一簇花丛后蹲下。

“你要干什么？”大米扯了扯她的衣服，轻声询问。

姜芽被问得一怔，一时竟也找不到什么躲在这儿的理由，只能随便搪塞过去。

“看热闹呗。”

“我不感兴趣。”大米说完，刚想要走，又被姜芽拉着坐下。

“你就当陪陪我嘛！”姜芽可怜巴巴地看向大米。

“打住。”大米受不了姜芽了，干脆一屁股坐下来，掏出手机打游戏。

姜芽躲在花丛后面，探出小小的脑袋，眼睛看向余斯燃那个方向。只见他温和有礼地微微低头，不知道对女生说了什么，使得女生像是做了很大的决定，忽然抬头。从姜芽的方向，能看见女生通红的左颊，和局促交织在一起的手指。

草地上，一只个头有些大的蚂蚁慢悠悠爬上姜芽的脚。姜芽感觉到脚背上有些痒痒的，低头一看，是一只黑黑的虫子，此时它正缓缓从脚背边缘向脚掌爬去。

“啊——”她下意识地惊呼出声，从花丛里站起来，拼命跺着右脚。旁边坐着打游戏的大米跟着被她吓了一跳。

等到亲眼看到那个黑色虫子被甩到了地上，姜芽才缓过气来。

姜芽看向余斯燃的方向，好像她这边的动静并没有影响到他们。

姜芽松了口气，拉着大米转移阵地，走到了第三棵桂花树附近的花丛。

这个位置离他们更近，甚至可以听见他们的对话。

“大家都知道你没有女朋友，我也不会影响你学习的。我是真的很喜欢你！”

“对不起，我已经有喜欢的人了。”

“能告诉我是谁吗？我想知道那个女生有多好，能够让你连喜欢都不敢说出口。”

……

姜芽正想探出脑袋看看余斯燃的反应，结果正巧碰见他忽然转来的目光。姜芽就像做贼一样，立刻缩回了自己的脑袋。

“我算是知道你为什么带我蹲草丛了。”大米戏谑道。

“闭嘴吧你。”姜芽捂住大米的嘴。

此时，有一阵脚步声从远到近。

“在这儿干什么呢？”是余斯燃的声音。

姜芽的动作快过思考，她蹲在草地上，低着头扒拉着几根草，撅着屁股，假装不知道有人过来了。相反大米气定神闲地坐在原地，淡定地继续打游戏。

赏花？没什么好看的花。赏月？月亮姐姐还没有出来。她抬头，先故作惊讶地问：“嗝……你怎么也在……嗝……这儿！不好意思，嗝……吃太饱。”

我去，怎么又打嗝了！

姜芽慢吞吞地站起来，趁着这个时间脑里开始飞快运转，努力思索能够有力说明自己为什么会出现在这儿的理由。

有了！她心里一喜，一脸认真：“我和大米……嗝……在这儿抓蚂蚱。”说着指了指大米。大米配合地点了点头，人证物证俱在，稳了。

他的一声“哦”尾音上扬，显然是不相信她说的。他嘴角微微上扬，眉眼间明显的笑意：“那抓着了吗？”

姜芽故作挫败地摇了摇头，不知道的人还真以为她是因为没抓着蚂蚱才这么沮丧。

余斯燃身后侧的长裙女生看着他明显有所变化的表情，心思复杂。

姜芽偏头，瞥见长裙女生还在这儿，仿佛找到了救星。为了防止打嗝影响她的语意，她三个字一停地往外抛：“你快走，你同学，等着呢。”

说着，她意有所指地看向长裙女生。长得不错，气质也不错。

“乔薇，我还有点事，你先走吧。”余斯燃淡淡地说，头也没有回。

乔薇闷闷地应了一声，然后走了。

不是吧！长裙女生是那个榜上有名的女神乔薇？

“她是乔薇？”姜芽惊讶地追问了一句。

在得到肯定的答案后，她还是不敢相信。她听说的乔薇清高孤傲，可刚刚那个表白时脸颊泛红，举止局促的女生却没有半点别人口中的样子，俨然就是一副害羞小女生的模样。

“可以借你室友一会儿吗？”余斯燃开口道。

姜芽好奇他借大米干什么，扭头看他，才发现这话是对着大米讲的。

“没问题。”大米爽快地比了一个“OK”，一副随意的样子。

她不开心地嘟囔：“我还没……嗝……同意呢。”

余斯燃把她拉到学校的亭子里，从口袋里掏出一个粉红色气球，递给她。

她一脸纳闷，心想着这个办法之前不是已经试过了吗？

余斯燃仿佛听见了她心里的想法，解释着：“再试一次，验证一下这个办法是不是真的有效。”

还挺严谨的。

姜芽接过气球，两只手捏紧气球口，吹得极其小心翼翼，目不转睛地盯着它的大小变化，生怕这球再一次在嘴边炸了。

看着大小差不多，再吹下去就要爆了，她急忙停住，偏头问余斯燃："还吹……嗝……"

"吗？"她弱弱地补上了漏说的"吗"字。

"乖，是爸爸。"余斯燃脱口而出。

姜芽脸色瞬间变了，这人怎么什么便宜都占？她攥紧拳头。

余斯燃显然捕捉到了她蠢蠢欲动的小拳头，立刻说："我什么都没说。"

"看来气球这个办法还是不行，试试这个。"余斯燃往姜芽的手上塞了一个白色塑料袋。

姜芽觉得余斯燃其实是在整她，对这些也没了兴趣，于是她偏不搭理他，扭头就要走。

结果，她刚迈出右脚，就被他给拉住了。他的左手牵着她的右手，她能清楚感受到他掌心带来的温度。

他清了清嗓子，强装镇定："罩住口鼻，深呼吸三至五次。"

"哦。"姜芽神情恹恹地应了一声，苦着脸按照他说的方式开始做。

说实话，她对自己打嗝能好这事已经不抱多大的期待了，毕竟只要不紧张，就没有多大的影响，所以一切随缘就好。

余斯燃看着她一副苦瓜脸模样，塑料袋在脸上一下鼓起又一下蔫气，颇有几分滑稽感，一下没忍住扑哧笑了。

姜芽脸色复杂，停下动作，偏偏一大堆愤怒之词就在喉咙口呼之欲出，因为打嗝说不全，只能几个字几个字地往外蹦：“我不要，你帮我，治打嗝，了。”

余斯燃自知笑得不厚道，诚挚地认错：“我绝对不会再笑话你了。”

姜芽冷哼一声，摆明了不相信。

“我发誓！”他举起右手，收起大拇指和小拇指，态度认真。

“最后，一次。”姜芽见他态度诚恳，也不好不给面子。

与此同时，余斯燃的小拇指微微翘起，慢慢和无名指合拢。

2.

“别睡啦，别睡啦，再睡就要变丑啦！”

姜芽的回笼觉在进行到 15 分钟时被她的自制铃声打断，她胡乱抓了抓头发，眯着双眼在枕头下摸索手机。

手机来电显示着“沈姨”，姜芽一个鲤鱼打挺坐起来，整个人瞬间清醒了不少，急忙揉了揉睡眼，按下接听键。

“喂，沈姨，您怎么想起来给我打电话了？”她笑嘻嘻地问。

“阿姨想你了呗，顺便拜托你一件事。”

“什么事呀？阿姨的事就是豆豆的事！”她信誓旦旦地拍了拍胸脯。

“臭小子摔着腿了，你们离得近，这段时间你帮阿姨照顾照顾他，千万看住他了。”

“他摔着腿了怎么没告诉我？”

“估计是怕你担心吧。”

姜芽听到这个原因实在想翻个白眼。程桉不告诉她这件事，只有一个可能，那就是怕丢面子。

尽管心里有一百般个不愿意，姜芽还是硬着头皮接下这个任务，并且还要非常乐意地答应。没办法，谁让沈姨总说自己是她的小天使呢。

她简单整理了一下，一边给程桉发消息确认他人在哪儿，一边去买猪骨汤。

俗话说得好，吃什么补什么。既然摔着腿了，就得多喝点猪骨汤好好补补，想到这里，她自己倒是先笑了，感叹自己果真是个贴心的小天使。

30分钟后。

姜芽提着汤晃悠到西杭男生寝室楼下，她把汤放在一边，从口袋里掏出手机给他发消息："下来，我在你寝室楼下。"

程桉单脚蹦到阳台，看到姜芽站在花坛边无聊地转圈圈，连忙招呼室友扶他下楼。

程桉一蹦一蹦地下来，姜芽迎了上去，见他需要人扶着才能走路，有些幸灾乐祸："程大爷，说说吧，你怎么摔的？"

程桉板着脸："你是专程过来奚落我的？薄情寡义，背信弃义，忘恩负义，告辞！"

姜芽被他一连三个成语逗笑了，笑得更是开心："得了吧，打住，我是奉沈姨之命来探望你的。"

"就知道你没这么有良心。"

"你这话就不对了，我这还给你带汤了呢，怎么就没良心了！"姜芽把手上的汤递给他，不服气地回道。

程桉也不接过去，而是指了指不远处的长凳，吩咐道："扶我过去。"

"你不会自己过去啊。"

"我可是病号，这么惨不忍睹、楚楚可怜，你忍心？"程桉指了指自己的右脚，理直气壮。

"我求你了，别用成语了。"姜芽双手合十，言辞诚恳地说。

“不好意思啊，控制不住。”

程桉从小学开始就对成语有着一种谜之执念，那个时候，连着三次语文考试，程桉都在一道成语选择题上败给她两分。于是，从那时候开始，他便决定要多说成语，久而久之，便成了习惯，一直延续到了现在。

关键是，自从他成绩明显下降后，使用成语的正确率也随之降低。想到这里，她忽然觉得在这件事里，她好像才是罪魁祸首。于是，她怀着些愧疚之心，把他扶到长椅上坐下，还贴心地打开了汤盒，语气也变得柔了一点：“来，喝吧！猪骨汤，补脚。”

“猪骨汤怎么就补脚了？”

姜芽一脸看白痴的表情睨了他一眼，将自己的诡辩天赋展现得淋漓尽致：“你连这都不知道？有没有听说过这样一句话，吃什么补什么，猪蹄汤是买不到了，但是猪骨和猪蹄同作为猪身体的一部分，功效肯定不分伯仲。你说，是不是这个道理？”

这话说得惊天地，泣鬼神，程桉听了想打人。

“我饱了，你吃吧，走路这么慢，你也需要补补。”

“还没到午饭时间，你怎么就饱了？”

“被你气饱了。”

姜芽拿出撒手锏，威胁道：“那可不行，沈姨千叮咛万嘱咐要我好好照顾你，你必须给我全喝了，你不喝我这就打电话告诉沈姨。”

“这么大了你怎么还告状！”程桉控诉道。

程桉最怕母上大人的“紧箍咒”，当初姜芽发现这一点后，旁敲侧击告过他不少状。

“以前告状是年少天真，再说了告状不是小学必经之路吗，而现在是被迫无奈。一个巴掌拍不响，如果你没干坏事，我哪儿来的状告。”

程桉心服口服，生怕她再念叨下去，接过汤，闷头喝了一大口，想要糊弄过去。

姜芽眼尖地抓住了他的小把戏：“喝光！”

程桉自知躲不过去，只能认命地喝干净，三两口把汤喝完后，程桉愤恨地把空盒子还给她。

“这才乖嘛。”姜芽看着空盒子，满意地摸了摸程桉的头顶。

“姜芽！”程桉偏头躲开，咬牙切齿，“注意你的言行举止！”

“怎么了，姐姐还不能摸弟弟的头了？”

“才两个月你能不能别揪着，从外貌从身高怎么也是我比你大！”

“我不管，就是我大。”

“让你年轻，你还不乐意。”

“我就不乐意，我就要当你姐。”

两个人幼稚地斗起嘴来。

“姜芽？”

身后传来不确定的喊声。

姜芽扭头，看见尚嵘，同样很惊讶：“你怎么在这儿？”问完，视线一偏，才看到他身后站着的余斯燃。

尚嵘欲言又止，他总不能说自己是被身后那人莫名其妙拉来西杭散步的吧。在听到身后传来细微的一声咳嗽后，他笑着解释：“路过，刚好瞧着你背影眼熟，没想到真是你啊。”

他瞥见长椅上坐着的程桉，用着开玩笑的语气问道：“和男朋友约会？”

“朋友。打球摔着了，我过来看看。”

程桉礼貌性地点了点头，示意自己不方便起身。

“那我们不打扰你们了。”尚嵘相当有眼力见儿，立即告辞离开。而余斯燃一声不吭，手揣在口袋里走在后头。

“我要散步消食。”程桉长手一伸，等姜芽来搀他。

“要不是沈姨拜托我，你休想这么舒服。”姜芽嘟囔了一句，然后动作粗鲁地扶起他，“程大爷，走嘞。”

在她搀扶着程桉走了一圈后，姜芽惊讶地发现尚嵘和余斯燃两人也在散步，并且两人看起来全程无交流。

不是路过吗，怎么也散起步来了？难道现在都流行饭前散步了？

姜芽架不住好奇，时不时关注他俩的动向。

而作为被关注对象之一的尚嵘此刻已身心俱疲，十分哀怨地问：“我们还要散步多久？”

他现在非常后悔把姜芽去西杭的消息告诉余斯燃，以至于现在陪他散步了半小时之久，而且看样子，现在还没法结束。他们并不知道，两个大男人肩并肩并行会显得有些亲昵，一前一后又像是欲盖弥彰，在别人眼里怎么看都是一道奇特的景色。

余斯燃显然没想这么多，反问：“你觉得呢？”

得嘞，白问。他认命地履行他的陪走职责。行吧，为了兄弟的幸福，他忍了！

3.

姜芽在偷瞄余斯燃的同时，惊喜地捕捉到对方似乎也在时不时偷偷看向自己这一边。

她想到了卞之琳的《断章》的一句话——你站在桥上看风景，看风景的人在楼上看你。

此时不就是这样吗？她在偷看他，而他也在看着她。

刹那间，她内心深处有个肯定的声音在不停叫嚣着“余斯燃也喜欢你”。

会是真的吗？他会不会有一点点……喜欢她呢？

为了防止引起不必要的误会，她决定牺牲一下程桉同志来试探一下某人。

程桉同学，对不住了！

她在心底默默向程桉说了句“对不起”，然后，喜笑颜开地紧紧搂住他的胳膊，开始她的追忆童年表演。

“你记不记得有一回数学考试，你发烧了，就因为怕和我拉开太大的距离，一直撑到了考试结束，结果最后还是比我少了 10 分。卷子发下来发现错的是一道 10 分的计算题，每个结果后面都多加了数个零。”

说到这里，她脑海里浮现出当初程桉因为那错误掉眼泪的样子来，忍不住哈哈大笑，那场面实在是太搞笑了。

“还有一回，就因为一个竞赛选了我没选你，整整两周都没搭理我，一见到我就是鼻孔里发出的一声冷哼。哈哈哈哈……”

“你闭嘴。”程桉脸色一沉，伸手就要去捂住她的嘴。

姜芽笑嘻嘻地躲开，仗着他腿脚不便，气势大增：“你信不信我把你丢这儿，让你单脚蹦回去。”

程桉丝毫不受威胁，笑着开口说：“你记不记得……”

等等！这个开头怎么有点耳熟！

“某个人因为胆小晚上睡觉要抱着娃娃，结果有一天被自己抱着的娃娃吓哭。”

提起这个，她就生气，要不是因为睡之前被他拖着看了一部关于娃娃的恐怖片，以至于当晚做了一个噩梦，醒了发现自己正好抱着一个娃娃而吓得大哭吗！

她瞪了程桉一眼，正想踹他一脚，目光落到他缠着绷带的脚，又默默缩了回来：“看在你是病号的分上，我就原谅你这一次！”

“我饿了。”陈桉无视她，语气平淡地说了一句，然后还伸出手，等她搀扶。

“得寸进尺！”姜芽咬牙切齿，心不甘情不愿地一把拽过他的胳膊。

在去食堂的路上，姜芽才发现余斯燃和尚嵘不知道什么时候已经走了，下意识地猜测：一定是方法奏效了，他吃醋了！

她喜滋滋地哼起了小曲儿，程桉冷不丁地打断了她的白日梦：“我饿了。”

“食堂走起。”姜芽心情好，不打算跟他一般计较。

她把程桉扶到座位坐下，然后跑去窗口打菜。出于对病号的优待，她特意点了营养健康的素菜搭配——西红柿炒蛋和韭菜炒蛋。

考虑到自己照顾病号的辛苦，她给自己点了糖醋排骨和啤酒鸭，当然两份饭菜刷的都是程桉同学的饭卡。

就在她端着两盘饭菜走向程桉时，瞥见了正右边面对面吃饭的余斯燃、尚嵘两人。她灵机一动，快步走向他们，把饭菜放在隔壁桌上，然后一脸惊讶地说：“好巧，你们也来食堂吃饭啊！”

“缘分啊！”尚嵘一如既往的自来熟。

“等会儿！我去叫我朋友过来！”

她又急忙跑向程桉那儿，编了一个乱七八糟的理由：“刚听人说那边风水好，一过去就碰见了熟人。走！我们挪位！”

说着，不等程桉回应，她便搀着他起来，补充道：“菜已经放过去了。”

程桉显然不相信她这没头没脑的瞎理由，却也不拆穿，想看看她到底搞什么名堂，于是任由她搀着往另一边走。

两个人在余斯燃的隔壁桌坐下，姜芽一脸镇定地把西红柿炒鸡蛋挪给程桉。

程桉看了一眼自己盘里的菜，又看了一眼她的菜，两盘菜形成了鲜明的对比，他内心极度不平衡：“为什么我没肉？”

姜芽淡定地指了指他的胳膊，回道：“你这不有肉吗？”

“我说的是菜！”

姜芽拿筷子扒拉了一下她盘里的糖醋排骨和啤酒鸭，挑了一块最小的，夹到他的碗里。

“作为病号，要注意饮食清淡；作为体力劳动者，要多吃肉才有力气。”她一本正经地说完，还大方地又夹了一小块肉到他碗里，“算了，再赏你一块。”

程桉盯着那两小块肉看了几秒，然后夹了几筷子蛋到她的碗里。

她刚想道谢，就看见他刚放下蛋要收回去的筷子转了个弯，落在了她的糖醋排骨上，动作极其迅速地夹起了最大的一块。

道高一尺魔高一丈啊，姜芽被他的操作整得目瞪口呆。

旁边，尚嵘目睹了整个过程，终是憋不住笑出了声：“你们吃个饭怎么这么搞笑呢？秀恩爱，死得快！”

姜芽正要反驳，正巧发现斜对面的余斯燃的脸色从平静变成了难看，心里一喜，瞬间放弃反驳，转移话题：“朋友不懂事，让你们见笑了。”

程桉哪能容她在外人面前丢自己的面子，咬牙切齿地拿筷子用力敲了敲她的手背：“姜芽！你知道什么叫‘食不言，寝不语’吗？”

姜芽缩回手，转头露出一个虚伪的微笑：“你就不能温柔一点吗？”

“不能。”

与程桉的“不能”同时响起的是余斯燃语气平淡的一句“我吃饱了”，当然，这话是朝着尚嵘讲的。

余斯燃端着还剩了一半饭菜的盘子起身离开，步子迈得极大。

尚嵘极有眼力见地跟着起身，出声帮着圆场：“你们慢慢吃，我们先撤了。”

难道是被她的“秀恩爱”气走了？

“你喜欢那个‘冷面’？”程桉见姜芽的眼神，忍不住开口问。

“嗯？”她假装不明白。

连程桉都看出来了，余斯燃怎么就没有察觉呢？难道真的是旁观者清，当局者迷吗？

“那个说吃饱了的。”程桉继续补充。

姜芽听见自己闷闷地答了一声“嗯”。

“啪嗒！”

程桉的筷子从手上掉落在桌面上。

姜芽歪头看过去，发现他脸色臭得厉害。

“你这什么眼光。”

也许是心虚，也许是不愿让人看穿，姜芽收起心里的小情绪，忽然哈哈大笑：“跟你开玩笑啦，还真信了！我喜欢的可一直是白敬亭呢！”

程桉闻言，也不拆穿她，于是白了她一眼：“我可记得你上个月说的是刘昊然。”

“你肯定是记错了。”

接下去吃饭的十分钟，他们各怀心思，一致践行着什么叫作“食不言”。

4.

姜芽很生气，后果很严重。

她第一次主动发消息给余斯燃，以找到新的止嗝妙招为由邀他晚上相约食堂。可距离那条微信消息发过去了 30 分钟，她还没有收到他的回复。

也许这可以解释为他没有看到微信消息，但是，她好不容易硬着头皮拨了个语音电话打了过去，下一秒屏幕上便显示“对方拒绝了您的语音通话请求”几个字。

他竟然挂她电话！她难以置信，又拨了一个过去，结果又被对方拒绝了。

姜芽气愤地把手机丢进抽屉，化悲愤为力量，撸起袖子，冲进了厕所，拿出了扫帚和拖把。

寝室其他三人被她周身突然散发出的浓浓“火焰”整得一头雾水，大米被推出来作为代表问话：“豆豆，你这是怎么了？”

“大扫除。”

大米闻言，转身立刻拿来一块抹布要帮忙，饱饱和简嘉见状，也跟着动了起来。

姜芽依次从她们手上夺过抹布、簸箕和扫帚，勉强笑了笑：“你们歇着，我一个人来。”

其他三人显然看出她心情不佳，也不敢说什么，于是乖乖地各归各位干自己的事情，但注意力还是放在了姜芽身上。

姜芽手持扫把，扫视了整个寝室，然后走到最里面，开始埋头干活。她哼哧哼哧地一路扫到门口，饱饱坐在床头看着她的背影，深深替扫帚感到担忧，总觉得扫帚要在她手上一分为二，想不明白她这到底是受什么刺激了。

扫完地，她又拿拖把完整拖了一遍地，直到地板亮得反光才停下来。本以为她会就此停下来歇一会儿，她又马不停蹄地打湿了抹布开始到处擦擦擦。

寝室其他三人彼此间交换了一个眼神，开始琢磨怎么停下这个忽然启动的“发动机”。

寝室在姜芽的光荣劳动下焕然一新，众人顿时松了一口气，暗叹“发动机”总算可以停下来了。结果姜芽回到了自己的座位后，猛地拉出了整个抽屉。

姜芽把抽出来的抽屉放到地上，把里面的东西依次都拿出来放到了桌上。然后，皱着眉头思索了一会儿，开始把东西一件件重新往里放。

三人再次松了口气，还好只是收拾抽屉，刚刚那架势让她们差点以为她要拆桌子……

姜芽蹲下把几本笔记本对齐准备放进抽屉，一本笔记本中间露出浅蓝色的一角。她抽出来，一封信映入眼帘，面上写着“许梦诗收”。

许梦诗是她曳舞社的学姐，这个信封看起来也有些眼熟。她紧盯着这蓝色信封看了一会儿，突然记起来，这是开学第一天余斯燃给她的，准确来说是给许梦诗，而她只是恰巧被认错了。

她垂眸沉默了一会儿，直到脚蹲得发麻，麻木感从脚底清晰传来，她这才回过神来。

她起身，拿着信封坐在桌前，纠结了一会儿，最后还是打开了信封。

许梦诗同学，你好。在遇到你之前，我不相信什么一见钟情，甚至我觉得自己很不懂得爱情。在遇到你之后，我要说的是我还是不相信一见钟情，但是我知道了，什么叫作心动。在见到你的那一刻，我明显地感觉到自己的心跳在加快，这是一种我以前从来没有过的感觉……许梦诗，我喜欢你。

落款没有名字，只有 SR 两个字母。

她鼻子泛酸，眼泪就要不受控制地一涌而出，喃喃道："SR，斯燃。"

她闷声趴在桌子上，整个脑袋埋在臂弯之间。原来他明明不会跳舞，却想加入曳舞社，是奔着学姐去的。那他帮她治打嗝，对她这么好，一切一切都是因为她看起来和学姐关系不错，想要近水楼台先得月？

他对自己从来都是朋友之情吧，那些让她误以为他喜欢自己的事从来都只是她自己的瞎想。

从初识到现在，也只有她傻傻地动了心。

难受和委屈在心底不断发酵，眼泪不受控制地一下子决堤而出，肩膀因为哭泣微微颤抖着。

大米、饱饱和加减见状，也不知道怎么上前安慰她，只能悄悄地出去，把空间留给她。

姜芽曾经用开玩笑的语气告诉过她们："以后我要是哭了，你们千万别来安慰我，不然我会哭得更惨的。我自愈能力很强的，哭完就满血复活啦。"

这个时候，她一定不想被任何人看见自己哭得一脸狼狈的样子。

过了两三分钟，她才渐渐平缓下来，依旧将脑袋闷在臂弯间。

"叮叮！"

手机提示音响起，一连响了好几声。

她抬起头，深吸了一口气，抽出一张纸巾胡乱擦了擦眼睛，拿过手机。

"4 点 30 分在 108 教室开会别忘了。"

"姜芽，你不是说 4 点过来问一些动作吗？"

"你是不是忘了？"后面配了一个哭笑不得的表情。

这些消息都是许梦诗学姐发来的，她盯着消息看了许久，最后还是回复了一句："我马上就过来！"

她入曳舞社以来，学姐一直待她特别好。她的一厢情愿和学姐又有什么关系呢？

她洗了脸，看着镜子里自己毫无表情的脸，努力扯了扯嘴角，露出勉强的笑容。临出门，她在自己桌子上留了一张便笺："谢谢宝贝们，我去社团开会啦，晚上一起吃饭。"

108 教室在一楼，姜芽在距离三四十米的地方停下了脚步。

108 教室门口，学姐和余斯燃相谈甚欢。

姜芽转头离开，边走边给学姐发消息："学姐，我请个假，肚子突然不太舒服，开会就不去了。"

学姐立马回复了："没事，开会内容等结束我再告诉你。"

学姐是个多好的人呀，怎么叫人恨得起来。

姜芽紧紧咬着嘴唇，告诉自己不能哭。

108 教室门外，学姐笑着说："那以后你就是我们社团的特聘了，每年招新就靠你这个牌面了！"

余斯燃也一脸笑意："多谢学姐成人之美。"

会上，学姐宣布的内容之一便是：余斯燃正式成为曳舞社的一员，并且享有想来就来的特权，唯一要遵守的就是招新活动必须到场，而负责跟他工作交接的人是曳舞社成员姜芽。

5.

姜芽化悲愤为食欲，在吃了一碗酸辣粉后又吃了一份炒年糕，摸了摸圆滚滚的肚子后又点了一份煎饺，最后心满意足地打了一个饱嗝。

她想明白了，天涯何处无芳草，何必单恋一枝花。

“加减，你问下你男朋友在不在寝室？”姜芽拍了拍手，问道。

加减一脸蒙，得到她肯定的眼神后照做，点了点头回道：“他在寝室。”

“再问他余斯燃在不在寝室。”

“不在。”

“叫他 5 分钟后下楼，我有事找他帮忙。”

加减琢磨着总觉得不太对劲：“你这架势怎么像要去干架呢？”

“放心，我跟尚嵘无冤无仇。”

5 分钟后，男生寝室楼下。

姜芽从包里拿出那个蓝色信封，递给尚嵘：“帮我转交给余斯燃，别说我给的。”

尚嵘一脸促狭，取笑道：“你怎么不自己给他呢，送情书这事还是自己来比较有诚意。”

“不是我的。”

“啊？不是你的？”尚嵘拿起信封看了看，在看到信封上的署名时，有点惊讶，“这不是开学时我给那曳舞社姑娘的情书吗，原来在你这儿啊！”

“你的情书？”姜芽的惊讶丝毫不亚于他。

“对啊。这事你千万不要告诉嘉嘉，当时不懂事，内容全是网上搬来的。”

“那字怎么回事？”她认得那封情书上的字是余斯燃的笔迹。

“我字丑，就求着他代笔了。”尚嵘笑着摸了摸头。

她正想问落款名字怎么回事，忽然发现尚嵘名字大写字母缩写正是 SR，一切都水落石出。

她恨不得揍尚嵘几个拳头，让她白白瞎想了那么多，结果一切都是误会。

“你不是说情书自己送才有诚意吗？那你还让余斯燃替你送！帮你送就算了，你还让他帮你写！”

“我的错！我对嘉嘉绝对是真爱！”尚嵘举手投降。

短短半天，她的心情经历了大喜大落。

“不行，我还没吃饱。你可以走了。”姜芽朝着尚嵘挥手，示意他离开。

尚嵘会意，在后面叫她保守秘密：“千万别告诉嘉嘉啊！”

姜芽心情极佳，朝后比了个“OK”。

回寝室的路上，为了补偿自己幼小的心灵，她给自己买了一个雪糕，回寝室的时候，还敷了张最贵的面膜犒劳自己。

加减见姜芽心情不错，转头跟她说：“尚嵘刚刚叫我转告你，余斯燃去外省比赛了，三天后回来。”

姜芽敷面膜的手一顿：“他刚刚怎么不说？”

“可能忘了吧。”

算了，来日方长，让他安心比赛吧。

“余斯燃比赛为什么要特别告诉豆豆？”饱饱往嘴里塞着薯片，想着她们刚刚的对话，眉头一皱，发现事情不简单。

其他两人闻言，也笑得贼兮兮，全凑到她跟前。

“坦白从宽，抗拒从严。”加减率先开口。

这情景怎么有点似曾相识呢？

饱饱趁势攻击，挠她痒痒：“快！老实交代！”

姜芽绷着笑立马往后躲：“别惹我笑！面膜要浪费了！”

“那你快交代。”

“朋友之间告诉这个不是很正常吗？我要是谈恋爱了，绝对不会瞒着你们！”

三个人异口同声：“这还差不多。”

姜芽舒了口气，心里却真的开始担忧。余斯燃喜欢学姐的误会虽然解开了，但并不代表他就喜欢自己，万一，他真的仅仅只是把自己当好朋友呢？

姜芽别想太多了！

从朋友开始也不是一件坏事，毕竟男女朋友都是从朋友开始的。她如此安慰着自己。

或许她可以把暑假的事情忘掉，和他重新开始呢？

Chapter 06

或许，你喜欢梅西吗

1.

“姜芽同学，你已经在镜子前站了 10 分钟，请问什么时候可以出门？”

大米倚靠在门上，看着她在镜子前左瞧瞧又瞧瞧，一脸无奈。

姜芽撩了撩她额头前没几根头发的空气刘海，满意地背上小挎包，转身搂过大米的手，一脸的兴奋。

“你今天什么情况，不仅百年难得一见地化了淡妆，还一大早起来研究穿搭，满面春风，莫不是桃花来了？”

“今天心情好，决定做一个精致女孩。”姜芽晃着小脑袋，笑着说。

大米看破不说破，十分配合地附和："是是是，精致女孩，你要再不走，就要迟到了。"

"啊！快走快走！"她拉着大米火急火燎地往外走，却不承想又被大米一把拽着往后退了一大步。

"书都不拿，你是去上课吗？"

"不好意思，一时情急。"姜芽讪笑着接过书。

8 分钟后，姜芽站在英文影视赏析课教室门口，从小挎包里掏出小镜子，盯着镜子里的自己左左右右仔细看了一遍。等到满意后，才将镜子放回包里，然后深吸了一口气，昂首挺胸走了进去。

今天距余斯燃去外省参加比赛已经过去三天，也就是说，今天是他回来的日子，而这节英文影视赏析课是他回来后要上的第一节课。据尚嵘交代，他这次在芜城举办的计算机大赛上过五关斩六将，最后不负众望地拿下第一名。

她左顾右盼四处搜寻余斯燃坐在哪儿，正纳闷他是不是还没来，右前方角落里一个戴着运动帽的男生朝她挥了挥手。

她眯着眼仔细地看，愣是没看出来是谁，直到对方把帽子抬高，露出了那张熟悉的脸。

"你在教室戴帽子干什么？"姜芽走过去，在他旁边的空位坐下，好奇地问。

余斯燃取下帽子，轻声跟她解释：“没办法，名气太大，怕被人发现。”说完，还一副很无奈的样子叹了一口气。

姜芽闻言，就差一口“盐汽水”喷死他，怼回去：“你以为自己大明星呢？”

话音刚落，前排女生忽然转过头，对着余斯燃就是一脸花痴。

“啊啊啊！余斯燃！真的是你啊！你真的太厉害了，简直是才貌双全！能不能帮我签个名呀！”

姐妹，你是认真的吗？

她严重怀疑对方是不是收了余斯燃的广告费，至于夸得这么天花乱坠的吗？

余斯燃礼貌地接过女生递过来的小本子，在扉页上签了一个看起来还挺有模有样的签名，声音还变得出奇温柔：“签好了。”

姜芽饶有兴趣地撑着脑袋，听着他和那个女生客套礼貌的对话。

“是不是人气爆棚？”余斯燃应付完他的迷妹，原形毕露，得意地问她。

“哦——”她故意把尾音拉得老长，以强调自己对他“人气爆棚”这件事的极度敷衍和不认同。

“你这是嫉妒。”

“不存在的。”

姜芽转过头，手指不自觉地捏了捏书角，等到余斯燃的注意力到了别处，她才慢悠悠地说了句“恭喜啊”。

余斯燃听到她突然冒出来的一句“恭喜啊”，有些愣，反应过来后瞬间满眼笑意，问道：“就口头上？”

“你别得寸进尺！”姜芽撇撇嘴。

“我从芜城带了礼物给你，晚上出来再给你。”

“嗯。”姜芽语气平淡，内心却忍不住开始雀跃，好奇心促使她问，“什么礼物？”

“秘密，晚上你就知道了。”余斯燃一脸神秘，并且颇有自信地补充，“你肯定会喜欢的。”

等就等，她又不是耐不住好奇心的人！

然而，她刚信誓旦旦地表示完自己对礼物的不好奇，结果接下来的一整堂课，满脑子都是礼物，从学习用品猜到饰品，从体育用品猜到了乐器。

事实证明，她是一个耐不住好奇心的人。

这种好奇一直延伸到了晚上。

姜芽吃完晚饭回寝室的路上，收到余斯燃叫她去取礼物的消息。几乎没有多想，她便立刻奔向了见面地点。

她就差原地蹦起来个开心大旋转了，欢喜雀跃的步伐将她心底的期待暴露得彻彻底底。

到底是什么呢?

在离余斯燃还有50米的时候，她放慢步子，秒切蜗牛龟速，尽量让自己显得对这个礼物没有特别期待，就当只是给他面子来收个礼物的过场。

她这边慢悠悠地迈着步子，余斯燃那边也出奇淡定，就站在原地，步子也不带挪一下的。

于是，她脚下又偷偷加快速度，快走了好几步，在离余斯燃还有20米的时候又慢下来，然后偷偷努力睁大眼睛，一眼就瞟见了他手上抱着的画筒。

礼物是一幅画？她看起来像是喜欢赏画的文艺女青年吗?

这幅画让她的好奇心剧增，她走到他的面前，手指了指画筒，克制住想要立刻打开画筒的蠢蠢欲动的心：“这是给我的礼物？”

“嗯。”

他把画筒打开，慢慢抽出画，然后展开。

入目的是漫天的星辰，和老屋顶上并肩坐着抬头仰望星星的男生女生。

“这是按照星星基地画的？”她压住内心的喜悦，指着屋顶上的两个小人问，语气里藏着难掩的激动。

“喜欢吗？”

姜芽不假思索地回复：“喜欢！”

她真的很喜欢，因为，这是属于他们的独家回忆。

两个多月前的暑假，她将只有自己知道的秘密基地分享给了余斯燃。

那时，他骑着自行车带她穿过了一条又一条长满梧桐树的街道，风从发丝间拂过。大概是氛围使然，姜芽脑子一抽问他：“你有没有觉得我们像是在拍乡村爱情故事？”说着，自己先笑了起来。

对方没吭声，她却忽然反应过来，乡村爱情……于是，她立即收起笑容，解释道：“我的意思是，我们现在好土。”

可是越到后面解释越乱，最后她干脆闭嘴了。

到达星星基地的时候，天已经黑了，她和余斯燃并肩坐在屋顶上，抬头仰望的是同一片星空。姜芽偷偷看他，又在他察觉的时候立即转头。

“星星真好看。”姜芽说。

“嗯，真好看。”余斯燃回复。

姜芽不自觉地嘴角向上。后来，他们谁也没说话，仿佛整个世界都静了下来，只能听见他们平缓的呼吸声和铿锵有力的心跳声。

姜芽从回忆里抽离出来，她听见自己终于问出了那个一直想问明白的问题：“当初，你为什么要留下一个假电话号码？”

2.

“假电话号码？”余斯燃的语气带着点疑惑，“我什么时候给你假电话号码了？”

姜芽讶异地抬头，余斯燃的眼神很认真，看起来不像是在骗人。

“你当初离开梧桐镇的时候在房间留了一个电话号码，我打过去，是空号。”

“152，7042，×××0？”

这次换成姜芽一脸疑惑，她明明记得最末尾是“6”啊，于是她开口问出了自己的疑惑：“最后一位数字不是6吗？”

余斯燃顿时恍然大悟，当初他走得急，在纸上匆忙留下了电话号码，兴许是最后的“0”有些潦草，以至于看起来像“6”。

“最后一位是0，可能是当时走得太急了，没写清楚。”

姜芽听完，心态崩了。纠结了这么久问不出口的问题，到头来竟然是一个乌龙？她委屈地撇撇嘴控诉道：“我以为，你是故意骗我的……”

“我哪有这么坏？”余斯燃被她的傻里傻气逗笑了，“我还以为你就是不想打电话给我。”

“你不坏吗？你不坏，那是谁每次在我打游戏的时候总笑话我？是谁在我摔跤后还要火上浇油？又是谁……”她气势汹汹地一条又一条控诉，最后一句却默默留在心里。

——是谁一直看不见我的喜欢？

余斯燃被她的一通谴责弄得手足无措，见她一副说着说着快要哭了的架势，急忙全部认下来：“是我是我，都是我的锅。”

“这还差不多！”姜芽破涕为笑。

余斯燃正要说些什么，忽然身后传来一个女生试探着叫他名字的声音。

“余斯燃？”

他一听就知道是谁，也不想因为这打扰了他和姜芽。正当他想拉着姜芽跑开，假装没听见的时候，对面的姜芽却先开了口：“乔薇？”

乔薇听了，笑脸盈盈地看着余斯燃：“真的是你呀。”然后，才把视线转向了姜芽，客气地说，“我们上次见过！”

“你好，我叫姜芽。”姜芽礼貌性地自我介绍。

“我是乔薇。”

“我知道你，久仰大名。”姜芽胡乱夸道。

“听说你是曳舞社的，可以帮我一个忙吗？”这话虽然是问她的，却是朝着余斯燃讲的。

姜芽无语地仰头看了一眼天，这情敌相当可以啊，看样子都把她的底细摸得一清二楚了。

“行呀，如果我帮得上的话一定帮。”她心不甘情不愿地答应了，心里默默吐槽道：你找我帮忙问他干什么？你们关系有这么好吗？

“太好了！”乔薇亲昵地搂着她的胳膊，然后扭头打发余斯燃，“我们单独聊聊，男生靠边噢。”

姜芽被她突然的自来熟震惊到，又不好意思挣脱开，只能任由她搂着，心里不由得感叹。

这演的是“高傲女神为爱竟然屈尊主动和情敌搞好关系”的戏码？

姜芽用空出的手把画筒递给余斯燃，交代道：“先放你这儿吧，我下次再拿。”

后半句特意加重语气，因为这是特意说给乔薇听的。要让她知道这次打断了他们，还有下次，再不行，还有下下次。

余斯燃走了后，姜芽笑着问她：“女神要我帮什么忙呢？”

“女神”两个字咬得字腔正圆，生怕她听不见。

“叫我薇薇就好啦。是这样，我有个表妹要表演节目，时间不够了，我想着曳舞简单学得快，正好可以教给她。”

姜芽没想到她还真的准备了需要自己帮忙的理由，而且这理由听起来似乎还没什么毛病。

“那我找学姐跳一段给你录个视频？”

“不用麻烦学姐啦，你随便教我跳一段就好，到时候我也好指导我表妹。”

找学姐是麻烦，找我就不是麻烦了？这究竟是什么神逻辑？还有谁告诉你曳舞容易学会的？

姜芽忍住心里熊熊燃烧的怒火，努力保持微笑，提醒她：“其实，曳舞也不是特别容易学会的。”

“没事，我接受能力挺快的。”乔薇自信满满。

行吧，说什么你都有理由掰回去。姜芽放弃挣扎，带她去了社团的练舞室。

进了练舞室，乔薇自动做起了热身运动，又是压腿，又是伸展上体的，看起来有模有样，最后当着姜芽的面还劈了个叉，脸上透着一股得意。

姜芽在心里不屑地冷哼了一声，正对着她，跟着也劈了个叉。

不就劈个叉吗？有什么大不了的。

接着，姜芽还有意无意地当着她的面又下了个腰。乔薇没占上风，心里不自在，催促着她赶紧教。

姜芽选了三个视频让她挑，果不其然，她选了里面最难的一个。

“那我们开始啦。”姜芽选好音乐，站在前面，乔薇站在后面。

音乐声一起，姜芽找准点立刻切了进去，脚上动作快速切换着，跳了一大半才在镜子里发现身后的乔薇一动不动。

“啊，对不起，要不先不放音乐，我们先一个一个动作卡？”她是真的没考虑到这一点，抱歉地征询乔薇的意见。

“嗯嗯。”

她把整套舞拆成一个个动作，然后一个一个教乔薇。在教的过程中她惊奇地发现，乔薇和余斯燃在这方面异常相像——动作看上去好像是正确的，可是一旦两个动作连起来就透着一股谜之僵硬感。

时间一眨眼就过去了一个小时，她才教完了拆分的动作，就见到乔薇累得出了一身的汗。于是，姜芽提议道：“要不今天先这样吧？”

“行。”乔薇点头同意，“我们加个微信吧，到时候联系。”

“也好。”姜芽掏出了手机，点开了二维码。

两个人加上微信后，分道扬镳。

姜芽找到余斯燃的聊天界面，给他发了一条消息："乔薇跳曳舞的样子跟你一模一样。"

发完，她又从相册里找到之前在办公室偷拍他的跳舞视频发了过去，评价道："像不像喝醉了的企鹅？"

余斯燃的回复立马弹了出来："给你一分钟时间，撤回这个视频。"

撤回消息的时间限制是两分钟，她特意等到最后时间过去，回道："不好意思，不是我不撤，是撤不回去了。"为自证无辜，还配上了一张"消息发出已超过两分钟，无法撤回"的截图。

她正想建议他删除聊天记录，对方发了一张图过来。图片上的她正在睡觉，一只眼睛微睁，嘴巴微微张开成"O"形，嘴唇右下角挂着一滴晶莹的水滴。

她立刻发了一张"你这图什么意思，我不喜欢，撤回去"的表情包过去。

两分钟后，她收到余斯燃的回复。

"不好意思，也撤不回了，要不你删聊天记录？"配图是刚刚她发过去的截图。

他不但原话奉还，还用了她的截图，最后还抢先说了她没来得及说出口的话？！

什么人嘛，真小气！

3.

由于昨晚和余斯燃的对话中输得一败涂地，姜芽决定恶补口才。

姜芽在寝室里认真地翻阅着她从图书馆借来的《演讲心理学》，越看越觉得对自己没什么用。

这时，饱饱咋咋呼呼地跑进了寝室，猛拍了下她肩膀，把手机挪到她面前，急切地说："你快看！这什么情况？"

姜芽把目光从书里转向了她的手机。

手机显示的页面里的五号加粗体标题"悄然CP郎才女貌，羡煞众人"映入眼帘。（CP：coupling，影视作品中常为情侣关系）

"悄然CP"是什么鬼？

等她点进正文，才知道"悄然CP"说的是乔薇和余斯燃。

"大一新生女神乔薇和男神余斯燃的神仙爱情：一、两个人一起学习；二、两个人一起运动；三、两个人在树下约会……"

条条有理有据，每一条还配上了照片为证。

姜芽转过头，带着满脸"问号"看向饱饱，饱饱却示意她继续往下看。

姜芽翻了翻评论，大片大片的“柠檬精”，无一不是在羡慕他们的“神仙爱情”。

姜芽翻评论的手停在第55楼，一个ID（identity document：身份标识）为“蓝精灵”的人评论道：“神仙爱情疑似出现第三人阻挠。”配图十分眼熟，里面除他们之外，还有一个穿着浅色牛仔裤的女生。

真巧啊，这人可不就是她自己嘛。

再点进回复看，这个“蓝精灵”仿佛侦探附身一样分析得有理有据：“多次目睹该女生出现在男神身边，并且多次在女神面前单独约走男神，可见手段了得。”

手段了得？她怎么不知道自己这么厉害呢？

翻到后面，她发现某个ID晒出一张照片。

那是一张比赛结束的大合照，乔薇和余斯燃之间隔了三个人。楼中楼回复全是一大片的“缘分啊”“上天注定”之类的评论。

姜芽越看越气，暴躁地退出了帖子界面，淡淡地把手机还给饱饱，一副丝毫不受影响的样子总结观看感受。

“没意思。”

“对！太没意思了，谁这么无聊。”饱饱立刻点头附和，然后偷偷转头叫加减给尚嵘发消息问问这事。

还没等尚嵘问出个结果，她倒是在食堂里目睹了这一场“神仙爱情”。

姜芽拿着盘子走到饱饱和加减的位置旁，饱饱和加减的表情极其复杂。

“我们换个位置吧？”饱饱提议道。

“对对对，这个位置风水不好。”加减站起身，准备拿盘子转移阵地。哪知道还没拿起来，就被姜芽一个劲地扯了回去。

“人都坐满了，赶紧吃吧，下午还有事呢。”姜芽在加减身边坐下，对着加减说道。

45 度方向，乔薇动作亲昵地把手搭在余斯燃的肩上，姜芽一扭头便看到了。饱饱和加减互相对了下眼，然后看向姜芽，脸上表情担心得不行。

“别看别看。”饱饱往右边移了个位置，挡住了姜芽的视线，“辣眼睛。”

“我没事。”姜芽面无表情，脸上看不出喜怒哀乐。

饱饱冲着加减使眼色，拿出手机给加减发消息：“你跟尚嵘说了吗？”

加减抬头看了饱饱一眼，拼命点头。

“那怎么还没个信啊？”饱饱继续发消息。

加减借口去上厕所，给尚嵘打电话：“你有没有告诉余斯燃关于贴吧那条帖子啊！”

“我给他发消息了，没回我。”尚嵘急忙回答。

“你快来食堂二楼！”

……

学校贴吧又更新了一条帖子“悄然 CP 共进午饭”。

饱饱听见提示音，习惯性点开的时候，满脸嫌弃地吐槽：“又不是什么明星，怎么还跟踪报道啊。”

姜芽听见饱饱吐槽，抬头看她：“啊？”

饱饱立即闭上嘴，冲着姜芽边笑边挥手：“没事没事！”

5 分钟后，尚嵘出现在食堂二楼。他扫视一圈，终于看到了风波中的男主角，于是跑了过去，拉着余斯燃走到了一边。

余斯燃一脸蒙，问他：“怎么了？”

尚嵘急切地问：“你怎么不回我消息？”

“刚刚开会来着，我手机静音了。”余斯燃边说，边拿出手机，打开微信点开了尚嵘发的消息。他快速地浏览了一遍，大致清楚了是什么情况，手上噼里啪啦操作了一通，然后冲着尚嵘点了下头，转头回到位置。

余斯燃走到乔薇面前，拿起盘子，对她说了些什么，然后转头走向了姜芽的位置。

尚嵘完成了任务，站在加减的前方朝她挥手。加减给她比了个赞，见余斯燃正朝着她们的方向走来，于是拉着饱饱起来，对姜芽说："我想到我有东西忘拿了，饱饱陪我回趟寝室吧，姜芽我们先走了？"

姜芽看着自己盘子里还剩一堆饭，也没什么胃口，于是放下筷子："我和你们一起？"

"不用不用，你慢慢吃！"加减和饱饱异口同声。

这时，余斯燃的声音插了进来："我可以坐这里吗？"

"可以可以！"加减和饱饱一起说，说完便冲着他们挥手，离开了食堂。

姜芽看着余斯燃坐在自己对面，终于知道加减和饱饱为什么这么快溜了。

叛徒！

姜芽气得拿起筷子，一直在戳盘子里的米饭。

余斯燃一直在打量姜芽的反应，见她怒气腾腾，他试探性地喊她："姜芽？"

姜芽不理会，自顾自地戳米饭。

“鹅鹅鹅！”

姜芽依旧不理睬他。

“豆豆！豆芽！”

余斯燃见她还是不肯理他，于是直接上手拉住她戳米饭的手：“再这么戳下去，农民伯伯要哭了。”

姜芽没好气地回道：“要你管？看不惯去那边啊。”

“吃醋了？”余斯燃拿食指戳了戳她的胳膊。

姜芽条件反射地辩驳：“我不吃葱不吃蒜，不吃醋不吃香菜。”

说完，姜芽放下筷子，站起身，拿起盘子准备走。余斯燃立即站起来，拦在她面前。

“姜芽，我没女朋友。”余斯燃解释道。

“哦。”姜芽没有表情地抬头看向余斯燃，“如果你有喜欢的人，就不要再招惹别人了！”

“那招惹喜欢的女生呢？”

“啊？”姜芽被他问蒙了。

“我一直都在招惹我喜欢的‘那个’女生。”余斯燃把“那个”两个字咬得很重。

请恕她语文理解能力暂时下线，姜芽脑子一抽，狠狠推开余斯燃，然后拿着盘子往外跑。

刚跑到门口时，食堂的清洁阿姨喊住她：“同学，那个是不准带走的！”

姜芽这才反应过来，连忙返回把盘子交给阿姨，一个劲地道歉。视线不小心转向余斯燃的方向，他还站在原地看她，似乎目睹了她这一场“翻车事故”。

姜芽一咬牙，一脸尴尬地转头往外走，等到走出了食堂，她才开始狂跑。

心跳扑通扑通，已经不知道是因为运动过度，还是因为那一刻的怦然心动。

她已经数不清这是第几次因为他落荒而逃了。

4.

东野圭吾的《解忧杂货店》里写着：“其实所有纠结做选择的人心里早就有了答案，咨询只是想得到内心所倾向的选择。”

此时，姜芽就很纠结，纠结的问题无非就是余斯燃在食堂说的那句话。

他说他在招惹他喜欢的女生，那……这个女生是她呢，还是乔薇呢？当然，她挺希望是自己的，但又很害怕是她的自作多情。

余斯燃一连给她发了好几条消息，先是约饭，然后又是让她取画，在没得到回应后，又搬出要帮她止嗝的理由。

姜芽抓狂地抓了抓头发，思虑再三后回复他："带画吧。"

半个小时后，余斯燃跟姜芽发消息，说他已经到了她们寝室楼下。

姜芽从柜子里拿出一个小挎包背上，然后下了楼。

余斯燃太容易找到了，即使只是穿了一件简单的衬衫，在人群里还是最受瞩目的那一个。

姜芽拉着包包的链条，慢慢地朝他走去。

"你国庆回家吗？"余斯燃见姜芽来了，把画递给她。

哪想姜芽接过画转头就走，头也没回地回了一句："回梧桐镇。"

要不是经他这一提醒，她差点就忘了国庆要来了。整整 7 天，正好让她冷静冷静。

梧桐镇吗?

余斯燃看着姜芽的背影，心里默默下定了主意。

说来也巧，姜芽刚回寝室便收到了程桉的消息。

"奶奶说想我了，10 月 1 号等我一起走。"

姜芽撇撇嘴，奶奶怎么这么花心呢。她带着醋意没好气地回复道：“你一个大男人不会自己去啊！我们各走各的！”

程桉秒回：“奶奶吩咐，要我安全把你带到梧桐镇。再说了，国庆人多，跟我一起走，对你有益无害好吗！”

“行吧，你别迟到！”姜芽想了想，觉得他的话好像有道理，于是勉强同意了。

时间一晃，转眼便到了国庆假期的第一天。

早上 6 点，姜芽在她那不断循环的自制闹钟铃声中醒来，然后一一拍醒了饱饱和加减。国庆假期，她们每个人都有自己的安排，而且安排得很充实。

3 个人齐刷刷地收拾好，并且在大米的一阵阵哀怨声中，齐刷刷拖着行李箱离开寝室。

临走前，饱饱还小声地贴在姜芽耳边说：“豆豆，你太幸福了，还有“人肉墙”兼搬运工。”

饱饱口中的“人肉墙”兼搬运工便是站在楼下等着姜芽的程桉。

姜芽笑了笑，和饱饱一起搬着行李箱下楼。等她下楼后，程桉却站在一旁，并没有帮她拿箱子的意思。

她故意抬高音量对饱饱说：“搬运工什么的都是个摆设。”

程桉瞬间就明白了她话里有话，立即走到她面前，从她手上接过了行李箱。可就在和饱饱她们分开后，程桉借口喝水不方便，于是又将行李箱送回到她手上。之后，他再也没提过要帮她拿箱子。

姜芽瞪了程桉一眼，一副“我就知道你是这样”的表情，程桉耸耸肩，并不在意。

梧桐镇离南州大学并不远，差不多三个小时的路程。

“奶奶！我想死你了！”到家的时候，姜芽把箱子往程桉怀里一推，风风火火地奔向奶奶，然后紧紧抱住她。亲热完了，便开始算账，“听说你很想程桉？”

奶奶不假思索：“没有，奶奶只想豆豆一个人！是你爷爷想程桉了！”

她亲昵地搂住奶奶胳膊不松手，挑衅般地冲程桉扮鬼脸：“这还差不多。爷爷不就是想要程桉陪他下棋嘛，我也可以陪他下啊，程桉棋艺也没比我好多少！”

“你还好意思说，每次陪我下两盘就坐不住了。”爷爷从厨房里出来，毫不留情地拆穿她。

程桉瞬间占了上风，得意地朝她挑了挑眉。

姜芽习以为常，每次都是奶奶站在她这边，爷爷站在他那边，一比一平局。她撇撇嘴，拖着行李箱回房间，走之前回头“威胁”爷爷：“爷爷，你要是不做糖醋排骨安慰一下我幼小的心灵，你就要失去一位为你捶肩的宝贝孙女了！”

程桉欠揍地接了一句：“爷爷，我这就给你捶背。”

姜芽朝程桉露出个拳头，警告完后，潇洒地拖着箱子回到了自己房间。

姜芽简单地在房间收拾了下，视线转向了柜子里的铁盒子。她走过去，把盒子小心翼翼地取出来，然后坐在地上打开。

铁盒子里装了许多零零散散的小物件，基本上都是照片，而这些是父母留给她的所有回忆。

他们在她 5 岁那年死于一场飞机事故，出事的前一天妈妈还打来视频通话，温柔地对她说：“豆豆，有没有想妈妈呀？妈妈给你带了礼物噢，明天我们就能见面啦。”

爸爸坐在一边，虽然没说话，却也笑得很开心。

而他们却再也没能回来。

5 岁的她还不知道这意味着什么，她只知道答应她回来的爸爸妈妈失约了，爷爷奶奶哭得很伤心，她也跟着号啕大哭。

自那以后，奶奶总是指着星星告诉她，爸爸妈妈从来没有离开过，他们只是换了一个方式守护她。直到她知道了死亡是什么，也知道了自己再也不能看见爸爸妈妈。可她不能哭，如果她哭了，爷爷奶奶也会跟着伤心。

她不是一个人，她还有爱她的爷爷奶奶。

姜芽摩挲着已经发黄的照片，沉默了片刻，把在学校拍的照片一起放进了铁盒里。

每年，她都会放一张自己的照片进去，让他们放心，告诉他们：豆豆很幸福。

“豆豆，吃饭了！”

“来啦！”她收起铁盒，关上房间，蹦蹦跳跳地跑到奶奶身边，笑眯眯地问，“有没有糖醋排骨？”

“你爱吃的都有。”

晴空万里，和爱的人在一起，就是简简单单的一日三餐，也很幸福呀。

想到这里，她开心地笑弯了眉眼。

晚上，姜芽一个人骑着单车去了星星基地。等到上了屋顶，她才发现上面已经躺了一个人。正犹豫着要不要离开的时候，她不小心踩到了一块碎瓦片，惊醒了躺着的人。

“姜芽？”

是余斯燃的声音。

“你怎么在这儿？”她一脸震惊，怎么也没想到余斯燃会出现在这儿。

她走过去，在他身边坐下。

他没有回答她，她好奇地看过去，只见他盯着天上的星星发呆，脸上有丝说不出的落寞。

“心情不好？”她试探着小声问道。

“嗯。”余斯燃闷闷地应了一声，看着天上的星星，“你不是说看看星星，心情能变好吗，所以我就来了。”

姜芽从口袋里拿出两颗大白兔奶糖，剥了一颗放进嘴里，另一颗递给他：“吃糖吗？”

他坐起来，接过她递过来的糖，剥开糖纸，放进嘴里。他扭头看向姜芽，看着她抬头认真看星星的模样，不禁莞尔。

一片静默中，姜芽突然出声问：“余斯燃，你有喜欢的人吗？”问完，许是觉得有些直接，又立即改口，“或许，你喜欢梅西吗？”

问完，又有些懊恼。这句是从韩剧里学来的，他肯定不知道她在胡乱问些什么。

果不其然，余斯燃犹豫了几秒后回答她："梅西啊，我不太懂足球，你什么时候对足球感兴趣了？"

姜芽差点被奶糖噎着，默默闭嘴，假装无事发生。

5.

十月份的梧桐镇不似杭城那般燥热，阳光照在身上，温暖和煦。尤其是午后，沐浴在阳光下，总会让人忍不住小憩一会儿。

距离和余斯燃在星星基地遇见已经过去了两天，本以为他会约自己出去玩，结果等了整整两天，对方却没有任何动静，就如同不曾来过梧桐镇一般。

姜芽告诉自己，作为女生，她一定要矜持，绝对不能像那天晚上一样主动表明心意。她莫名有股自信，深信只要熬得住，就能迎来春天。

于是，她连着两天对着余斯燃的聊天界面，又是皱眉，又是唉声叹气的。为什么说"女人心海底针"呢？明明男人心也挺难猜透的。

姜芽撑着脑袋，百思不得其解，愁眉苦脸地问程桉："程桉同学，问你一个深奥的问题。"

"说吧，什么深奥的问题让你这一脸愁容的？"

"你们男生如果喜欢一个女生，会不会主动告白？"

程桉玩游戏的手一顿："这就是你要问的深奥的问题？"

"对啊。"姜芽酝酿了一下语言，"你站在你们男生的角度分析一下这个问题。"

程桉盯着她上下打量了几眼："你有喜欢的人了？"

姜芽低头抠着手指头，犹豫了一会儿，最后还是决定不瞒着他，于是轻声回了句："嗯。"

身边没有任何声响，她好奇地看过去，发现程桉竟然在发呆。

"你死了。"姜芽轻轻拧了拧他胳膊上的肉，示意他手上的游戏，"你想什么呢，这么出神。"

"犯困。"程桉回过神来，表情和前几分钟对比显得有些垂头丧气。他把游戏页面退出，随后打了个哈欠，"我明天临时有个比赛，今晚就回学校。我先去补个觉了。"

姜芽看他无精打采的样子，大方地挥了挥手："那你赶紧去休息吧。"

微信提示音一直不停地在响，姜芽在目送走程桉后，点开了寝室群，看见大米在群里发出连环哀号，于是问了一句："怎么了？"

大米："我不是正参加一个游戏比赛嘛，游戏搭档突然有事回家了，我现在急需一个人补上，可是，我竟然连一个人都找不到！"

"心疼你一秒。"她刚发完这句话，忽然灵光一闪，又开始编辑消息，“你觉得我做你的搭档怎么样？”

在梧桐镇待了三天，她已经无聊得快要生锈了，这还不如回学校跟大米参加那个什么比赛呢。要是现在赶回去的话，晚上正好可以蹭程叔叔的车。

“太好了，豆豆你可真是个小天使！”大米还配上了个欢呼雀跃的表情包。

第二天，姜芽跟着大米来到比赛现场，整个人顿感凌乱。大红色的大棚子下，摆满了桌椅，每个人都低着脑袋看手机，噼里啪啦的枪声此起彼伏。

老实说，她压根没太听懂大米跟她讲的比赛规则，纯粹是抱着凑热闹的心态来的。众人都斗志昂扬地组队打游戏，她则低着头默默刷微博吃瓜。

“大米，这怎么还不开始？”她退出微博界面，抬头转向左边问道，却发现此时在大米的位置上坐着的竟然是余斯燃。

还没等她问出口，余斯燃先开口了：“你好，搭档。”

“大米呢？”

她刚问完，手机便弹出了大米发来的消息。

“豆豆，我江湖救急去了，你就和余斯燃随便打着玩。”

什么情况啊？

姜芽不知道自己在赌什么气，反正就是不想跟余斯燃组队，起身就要走。结果余斯燃长手一伸，她就被他拉着一屁股又坐了下来。

“如果赢了，我告诉你一个秘密。”

“我不感兴趣。”姜芽想都没想就立即拒绝。

“一个你一定想听的秘密。”

姜芽动摇了，却也没有立刻答应，特意拖了一两分钟才同意：“那我勉强听一下吧。”

第一轮是四排，一共有十支参赛队伍参加，每队两人。

游戏开始前，十支参赛队伍将会抽签组成五组，然后进行组队，在规定时间里伤害值最高的一组获胜。

姜芽抽到了一对情侣，小两口坐在对面腻腻歪歪。她邀请他们进了队伍，随后小两口竟直接点了跟随余斯燃，和他们一起跳了军事基地。

刚落地，姜芽还没捡着枪，就听到女生慌慌张张的叫喊声。

“啊啊啊！有人打我！”女生尖叫道。

余斯燃一声不吭，一枪打爆了对方的头，深藏功与名。

“哥们，技术不错啊。”对面的男生毫不吝啬地夸赞道，说话间也打倒了一个人。

姜芽蹲在一块石头后面，歪着脑袋用四倍镜认真瞄对面房子二楼窗户。等到那个人站到窗前，她抓准时机对着他脑袋连开了两枪。

看到击败人数终于从零变成一，姜芽按捺住兴奋，溜到余斯燃身后，正准备把刚舔到的八倍镜丢给他。下一秒，她便看见余斯燃在地上丢了一大堆东西，医疗包、医疗箱、八倍镜，还有各种子弹，她下意识感叹了一句："有钱人啊。"

"有钱人"不仅有钱，还任性，一碰见人，打两枪便叫她上去补枪补死。姜芽乐享其成，可又觉得太没面子，于是在下一次时主动冲上去打人，结果好巧不巧地遇见大佬级人物。还没等她反应过来，自己就倒了。

余斯燃本是打算给她自己抢人头的机会，结果没想到她刚跑过去，就被对方打倒了。他快速朝她扔了一个烟雾弹，迅速走位，打死了对方。

"打得好！"姜芽激动地拍了下桌子，要不是现在只能爬，她一定选那个拍灰舞庆祝庆祝。

这一局结果毫无悬念，就像是预料中的一样，他们伤害值综合最高，顺利获得了进入下一局的机会。

第二局是每队推出一个人进行单排，伤害值和击败人数综合最高者获胜。

“你上吧？”余斯燃试探地问道。

她的吃鸡技术是什么水平，他又不是不知道。姜芽下意识就要飙出一句“Are you kidding me”（你在开玩笑吗），但经过措辞后只是咬牙切齿地委婉说：“你不想说秘密就直说好吗？”

余斯燃朝着姜芽笑，连忙说：“我来我来。”

28 分钟后，游戏结束，第一不是余斯燃。

姜芽严重怀疑余斯燃是故意输的，因为有好几次，在赛况不紧张的情况下，她便缩回脑袋刷微博，等到想凑过去看他赛况怎么样了，竟然发现他就坐在那里看她刷微博，而游戏里的人物却趴在草地里一动不动。

至于他为什么要消极比赛，她想，原因只有一个，他后悔要告诉她秘密了。

Chapter 07

悄悄潜入你的心

1.

南州大学一年一度的社团文化艺术节要开始了，曳舞社必然是要出演节目的。按照往常情况来看，社团一般都会选派大二大三的学长学姐出场，姜芽她们这些尚缺经验的大一新生则很少能有这么早上台表演的机会。

中午社团开会，姜芽提前10分钟到场，提前见到了“百年难得一见”的社长。

曳舞社社长孟辛黎，入校前姜芽便有耳闻，一个拥有偶像言情的名字、略帅气的脸庞和“点满跳舞的技能点”的传奇人物，一直广受女生欢迎。自入社团以来，她就只见过社长两次，一次是刚进社团的第一次会议，另一次是今天。

姜芽乖巧地坐在后排，低头偷偷在群里给姐妹传输对社长的一波马屁。

开会前几分钟，学姐偷偷把她叫到一边，告诉她这次艺术节有三个大一新生可以上台表演，而她幸运地成了其中之一。

她按捺住内心的喜悦回到座位，正准备在群里分享这个好消息，身边的空位忽然有人坐下，并且视线一直停留在她身上。

她酝酿了几秒情绪，正准备抬头问句“看够了没有”，却在看到眼前的人时瞬间愣了，半个字也没说出口。

“你怎么在这儿？”她一脸纳闷，这可是曳舞社的内部会议，他气定神闲地坐在这儿是几个意思？

“我在这儿不是很正常吗？”余斯燃一脸平静地反问她。

姜芽猛地记起来，她上次没有去开会，事后学姐好像告诉她，各个社团之间为了交流会派出一人到别的社团当助理，而余斯燃则是曳舞社从计算机协会挖来的特聘人员。所以她负责专门跟进余斯燃。

她默默地往左边挪了一个位置，她还在对前两天的吃鸡比赛耿耿于怀，并不打算这么轻易原谅他。

余斯燃一点也没眼力劲儿，亦步亦趋跟着往左边挪了一个位置。

姜芽咬牙，又往左挪了一个位置，和他之间空出一个位置。

眼见着他又要跟着挪位，她立即一只手伸过去压在空位上，阻止道：“距离产生美，听过吗？坐太近，我真觉得你丑了。”

“哦，是吗？”余斯燃闻言，挑了挑眉，然后往右边挪了一个位置，两个人中间隔了两个空位。

姜芽无语地瞥了他一眼，不再搭理他，低头回消息。一条消息刚发出去，便察觉到身边的空位有人坐下，她抬头看过去，又是他，再看过去，他右边坐了两个女生。整个一排，中间夹了他一个男生。

“丑就丑点吧。”他低声说道，还颇为惋惜地叹了一口气。

姜芽瞥见他右边两个女生时不时偷偷瞄余斯燃一眼：“不是一点，是巨丑。”

讲台上，学姐开始宣布这次表演名单。姜芽戳戳小手，尽管提前知道名单里有自己，还是忍不住有些小兴奋。等到听到最后一个名字是余斯燃时，她震惊地扭头看向余斯燃，对方一脸淡定，看不出一点惊讶。

学姐在台上解释：“大家都知道，咱们曳舞社这次招新人数没有达到目标。因此，我们决定在舞蹈快结束时派上我们的门面担当余斯燃同学和苏婷婷同学，上台给我们的大一同学送花，让其他人后悔没有报我们帅哥美女云集的曳舞社。”

左边的女生凑过来轻声对姜芽说：“你太幸福了吧，余斯燃要给你送花哎。这办法太绝了，估计下次招新肯定有一大批女生争着要入咱们社了。”

姜芽尬笑了两声，不知道该怎么表现出她们认为的幸福感觉。她心里不由得嘀咕：哪个“沙雕”想出如此“沙雕”的招新办法？

讲台上，学姐忽然打了个喷嚏，接着安排具体事宜：“要表演的留下，其他人可以先散会了。”

“你上台跳舞会紧张吗？”余斯燃忽然开口问。

姜芽知道他是指什么，她摇了摇头，自信满满：“我喜欢曳舞，做自己喜欢的事情怎么能没有信心呢。”

余斯燃看着她说着“喜欢”二字时眼里盛满的光彩，跟着笑弯了眉眼：“你可得好好跳，千万别出糗，我还得送你花呢。”

“我们能打个商量吗？你能不能送花给别人？”

余斯燃斩钉截铁地表示拒绝：“不能。”

“你再考虑一会儿。”

“表演的人里，大一新生只有三个，只有你一个女生，你的意思是要我送花给另一个男生？这样的话，招新还能招到人吗？”

姜芽被堵得哑口无言，再次在心底表达了一番对想出这个“沙雕”办法的人的“佩服”。

2.

旱冰场内。

姜芽小心翼翼地扶在扶手处，整个身子都贴在了栏杆上，动都不敢动一下，生怕下一秒就要和地面来个亲密接触。

为了庆祝她即将登上社团文化艺术节的舞台，大米请客去溜冰场玩。而事实上，大米同学只是因为自己太久没玩旱冰有些想念，所以趁此找个借口而已。

寝室 4 个人，只有大米一个人会玩旱冰，饱饱向来对新鲜的事物抱有极高的热情，举双手赞同了这个提议，加减表示随意，而姜芽……这个活动就是打着为她庆祝的名号，显然容不得她拒绝。

姜芽紧紧抓着扶手，看着前方有着一丝犹豫。加减正被大米拉着手在场内绕圈，时不时发出一阵惊叫声。饱饱天赋在身，自己摸索了一会儿，现在已经可以松手自己慢慢滑了。只剩下她一个人孤苦伶仃地扶着栏杆，以龟速慢慢往前挪动。

大米路过，向她发出邀约：“要不要我带你溜几圈？”

姜芽脑海里浮现出加减被她拉着溜圈时的满脸惊恐和那一连串土拨鼠式的尖叫，果断地摇头拒绝了。

还是慢慢来吧，不急不急。

姜芽一边在心里给自己打气，一边继续蜗牛般靠着墙往前挪动。

一步二步三步四步五步，脚下顿时慢慢有了感觉，她深吸一口气，松开了扶着栏杆的手，大胆地迈出了左脚，然后再迈出了右脚。

“砰”的一声，她一屁股坐在了地上，发出了不大不小的声响。

饱饱对她摔跤的滑稽程度再次表示了肯定，在一旁朝着姜芽哈哈大笑。

大米滑到她身边，伸手要扶她起来。她摇了摇头，耍赖似的坐在原地，表示自己不想起来了：“让我坐着冷静一会儿。”

明明栏杆离自己就三步的距离，此刻却仿佛远在天边。

她低着头反思自己究竟哪里操作不规范，以至于摔了这么多次还不能松手，而且每一次摔跤都刷新上一次的搞笑程度。

想着想着，眼前突然伸过来一只手，姜芽以为是大米来拉她起来，也不打算再纠结了，伸出右手。

可一抬头，却发现是余斯燃。她慌张地就想离开，但重心不稳，条件反射紧紧地抓住了他的手。

“怎么是你？”姜芽站稳后，假装不在意地问。

“尚嵘听简嘉说你们在这儿玩，就拉我来了。”说完，他还指了指加减的方向，此时的加减正和尚嵘开心得转圈圈呢。

姜芽纠结地看着两个人牵着的手，微微蹙眉。如果她叫他松手，她可能下一秒就得摔回原地，可要是不叫他松手，她就得被他一直牵着。

余斯燃替她下了决定："我带你滑吧。"

姜芽忽然不知道哪儿来的底气，果断拒绝："不用，你自己玩吧。"

"行吧。"余斯燃恶作剧般松开手，姜芽没稳住，再一次摔回了地面。

疼……

姜芽默默吸了一口凉气，抬眼瞧见余斯燃憋着笑，生气地瞪了他一眼。而后开始四处搜寻大米她们的身影，想等着她们来解救自己。结果环顾了一圈，发现她们都集中在对面，并且没有一个人注意这边。

"还是我带你滑吧。"余斯燃再次朝她伸出手。

姜芽暗暗盘算着，等她起来了，扶到了栏杆，她就可以甩开他了。

她把右手交给他，在他的支撑下重新站了起来。可事情并没有按照她所预想的那般发展，余斯燃绕到她左边，右手牵起她的左手，笑着问："准备好了吗？"

姜芽鬼使神差地点了头，任由他牵着自己往前滑，整个身子极其僵硬、绷得笔直。

余斯燃捏了捏她掌心，转头指点她："身子往前倾。"

她木讷地点了点头，然后照做，魂不守舍地跟着他绕着整个旱冰场滑了一圈又一圈。等到差不多的时候，余斯燃停下来问她："要不要自己试试？"

姜芽雄心壮志地表示"可以"，要是这还是不行，那岂不是太丢脸了？

她在心里给自己打气了一番，示意余斯燃松手。余斯燃慢慢地松开，退到一边。姜芽惊奇地发现自己竟然能够站稳了，顿时信心大涨，脑海里回顾了一遍他交代的动作要领，身体微微前倾，信心十足地迈出了左脚。

每一步都很顺利，没有迎来摔跤，她终于感受到了轮滑带来的快乐。

因为太过兴奋，姜芽暗暗加快了速度，想要好好表现一把。结果速度一快起来，她就刹不住车，在该转弯的地方，没来得及转弯，直直地和对面的栏杆撞了个满怀。

好在她的反应还算快，紧紧扶住了栏杆，才没有摔在地上，只是肚子和冰冷的铁栏杆来了个亲密接触，震得有些疼。

果然啊，人一旦飘起来，嘚瑟起来，就忘了什么叫痛。她深刻践行着什么叫"死要面子活受罪"，故作淡定地解释道："不好意思，没有控制住兴奋。”

余斯燃显然洞悉了一切，滑到她面前，表情有些严肃：“去坐一会儿吧。”

“我真的没事。”

“那你捂着肚子干什么？”

刚刚确实撞得有些疼，便偷偷用手揉了揉。她马上缩回手，不好意思地挠了挠头：“现在好了，真的好了！”

“我滑累了，陪我去歇会儿。”

余斯燃伸手要去牵她，她踌躇了一会儿，迟迟没有伸手，而是坚定地点头说：“我自己能行！”

他示意她走在前头，她屏住呼吸，离开栏杆，暗暗告诫自己一定要成功到达休息处。

可老天爷并不给她面子，就在离休息的地方还有三步的距离时，她再次因为重心不稳，整个人往后倒去。一直跟在后面的余斯燃眼疾手快地伸手去抓她，她仿佛遇见了救命稻草般，手忙脚乱地拽住他，结果一下子用力过猛，摔倒的同时连带着把他一起拽了下去。

她整个人以八爪鱼的姿势趴在了他的身上，脑袋伏在他胸膛上，能够清晰地听见那里传来的“怦怦”的心跳声。

头顶传来他戏谑的声音：“你是睡着了吗？”

姜芽顿时清醒，挣扎着起身。她从他身上翻到一旁，撑着地板想要站起来，却忽视了这双旱冰鞋给她的行动带来的限制。她果断换了办法，两只手毫无罪恶感地撑在他胸膛上，先屈起一只脚，再屈起另一只脚，成功蹲着，然后屏住这口气站了起来。

余斯燃和她形成了鲜明的对比，不费吹灰之力，立刻站了起来，偏偏动作流畅顺利，丝毫没有任何一点摔倒带来的狼狈。

没有对比就没有伤害。她长叹一口气，慢吞吞地滑向休息处。

“你缺乏运动。”余斯燃坐在她右侧沉默了一会儿，突然开口说。

“不可能！”姜芽立即怼回去，说完察觉不太对，又弱弱地补充了一句，“我 800 米都跑过了。”

余斯燃冷漠地回道：“哦，800 米呢。”

3.

晚上 11 点 20 分。

全寝就“姜芽和余斯燃的小火花”展开深夜座谈会，当事人之一姜芽趴在床上事不关己地刷着微博，两条腿上下扑棱着开始做上下运动。

事实上，她的心思压根没有在微博上，耳朵早已竖得老高，默默关注着她们的谈话内容。

她喜欢余斯燃这事儿似乎已经成了她们之间一件心照不宣的事儿。可她越听着越觉得不对味儿，她们说的每一句话好像都是以余斯燃喜欢她为前提。

“他俩的爱情就像一场拉锯战，就看谁熬得住。”饱饱赞同地拍了下手，“这个形容非常贴切了！”

姜芽实在听不下去了，翻了个身，问：“你们就这么确定他也喜欢我吗？”

“确定。”其他三人异口同声。

姜芽一脸震惊，没想到会得到她们这么斩钉截铁的回答，更是摸不着头脑：“谁给你们的自信啊？”

作为寝室唯一一个脱单的人，加减率先进行发言：“你想啊，余斯燃在学校怎么也算个风云人物了，大一女生都在传他高冷话少，可偏偏又待人礼貌温和，就有种离得很近可又好像很远的感觉。再看他对你的态度，简直是换了个人好吗！”

这一点她倒是能看得出来，毕竟同出师门，两面派怎会不理解两面派呢？但是，这也不能说明他就喜欢自己吧。

“那万一就只是把我当作好朋友呢？”

加减恨铁不成钢：“那你看他对其他女性朋友和对你是一样吗？”

姜芽仔细琢磨了会儿，一本正经地回答："他对你家尚嵘就挺好的。"

这话一出，饱饱和大米捧腹大笑，加减恨不得当场吐口老血。

"反正你一定要挺住，晾他一段时间，他就扛不住了。"加减词穷，实在想不出怎么才能证明余斯燃对她不一样。毕竟感情这事，只可意会不可言传。

"对。"饱饱举起双手双脚表示赞同。

于是，这场座谈会以"她要耐得住寂寞"的结论结束。

而且，在加减她们几个的监督下，余斯燃约她吃饭，她回复没时间；余斯燃找她聊天，她回了两句便有其他事要忙；路上遇见了，她就和加减她们一样礼貌性打个招呼……

嗯，她就是个没有感情的"杀手"。

社团文化艺术节如期而至。

姜芽换上了社服，在后台和其他社员一起等待上场。余斯燃姗姗来迟，手上捧着一大束玫瑰花，众人见状，都惊叹社团下了血本了。

学姐对此笑而不语，意味不明地看着余斯燃。

姜芽低着头，一声不吭，忽然感觉有些紧张。这花到时候可是要送到自己手上的，这么高调，岂不是要引起台下一阵轰动。

“你该不会是紧张了吧？”头顶传来她所熟悉的声音。

姜芽不吱声，仍旧低着头自顾自地玩手指，假装没听见。

“已经紧张得说不出话来了？”余斯燃半开玩笑地问。

这人怎么就这么喜欢怼她呢？

她奓毛地回了句：“紧张我是你爸爸。”

余斯燃愣住了，她却回过神来，一下没绷住笑了，自己怎么说错话还能占人家便宜。

曳舞社的表演是在第 5 个，几个人在后台大致又排练了一遍，学姐特别表扬了她们三个新生，姜芽瞬间信心满满，对正式表演充满了期待。

等到主持人提到曳舞社的时候，姜芽理了理衣服，伴随着音乐响起，姜芽微笑着和同伴一起入场，整个心都沉淀下来，每一个动作都充满了力量。

音乐和舞蹈瞬间点燃全场，台下阵阵欢呼和掌声。最后快结束的时候，大家迅速走位排好队形，余斯燃和苏婷婷捧着花上台。

台下见此场景更热闹了，拼命鼓着掌，时不时还有几声尖叫。

然而，戏剧性的一幕发生了，余斯燃在走向姜芽时，不小心被地上的线绊住了，花从手上飞了出去。

好在他的反应还算快，及时站稳了身子，只不过本应该送给姜芽的花，被学姐一把接住了。

余斯燃显然也没料到会有这么一出，但是也没表现出任何慌张的情绪，而是继续走向姜芽，然后微微弯腰，抱住了姜芽。

她听见，他在耳边说："表现很棒。"

台下掌声雷动，不少女生激动地抓着同伴的手，用一阵"啊啊啊"的尖叫表示羡慕。

姜芽脑子一片空白，久久没有从那个短暂的拥抱中回过神来。

退场后，同社的大一女生跑过来抓着姜芽又是摇又是晃地问："被余斯燃抱的感觉怎么样？"

另一个女生在旁边叽叽喳喳："天啊，刚刚那画面太绝美了！要是我能被他那么温柔抱着，估计会幸福得当场晕厥。"

"其实……"她想了想，认真地说，"有点热。"

"姜芽，你是木头做的吗？"

姜芽朝她们吐了吐舌头，她却觉得"热"字很贴切，毕竟她现在不仅觉得耳朵热得发烫，心也变得滚烫滚烫的。

4.

学姐在集合时向大家宣布："大家赶紧收拾好，待会儿兴隆大排档吃饭，社长买单。”

大伙儿听到这消息顿时热情大涨，一个两个勾肩搭背形成一个小团队。姜芽正想去和学姐唠嗑唠嗑，却正好碰上她在打电话，只能作罢。

“一个人？”

姜芽环顾四周，以自己为中心，五步以内没有看见任何人，确认了余斯燃这个问句摆明了是在明知故问后，她决定无视他。

余斯燃自顾自地接着说：“好巧，我也是一个人。”

姜芽不理睬他，快步往右边走了几步。

余斯燃跟着往右边走了几步，又和她并肩走在一起，一如之前在教室开会挪座位时一样无聊。

“幼稚。”她低声说道。

下一秒，余斯燃也跟着说了句“幼稚”，连语气都同她一模一样。

姜芽愤愤地瞥了她一眼，干脆闭嘴，加快了脚下的速度。

她听见身后他的脚步也跟着快了起来，并且眼角余光瞥见他的每一步都踩在了她那被路灯拉长的影子上。先是踩在了她的左腿上，再是踩在了她的右腿上，然后又踩在了她的脑袋上。

他走路是蛇形吗？

姜芽在他再次有规律地即将一脚踩在她脑袋上时，灵活地往旁边一蹦，然后站定："好玩吗，换我踩踩？"

"不好玩。"余斯燃状似无聊地耸了耸肩。

她瞅了他一眼，有些无语，刚刚也不知道是谁一脚一脚踩得挺有劲儿的？

到了兴隆大排档，她特意选在女生堆里坐下，左右都是女生，她就不信这还能和余斯燃有交集。可事实证明，只有她想不到的，没有老天爷做不到的。

她左边唯一一个女生起身去丢垃圾，还没几秒，余斯燃便堂而皇之坐了下来。姜芽见了，字腔正圆地提醒他这个位置已经有人了，正巧女生丢垃圾回来，本觉着赶他走的时机正好，结果女生一脸微笑地说："没事，你坐你坐，那边还有位置。"

于是，姜芽彻底凌乱了，不得不感叹这年头真的是干什么都得看颜值。

她不着痕迹地偷偷把凳子往旁边挪了挪，低头默默啃鸡爪，时不时偷偷观察一下余斯燃的动向。

"别光顾着埋头吃东西啊，我们游戏玩起来！"一个向来性格开朗的男生站起来吆喝道。

其他人正觉得无聊，纷纷答应了他的提议。

“游戏十分简单，真心话大冒险。”

众人纷纷表示嫌弃：“这游戏也太老套了吧。”

“游戏这么多，一个一个玩嘛。”男生为了挽回面子急忙补充道，其他人这才勉强同意。

他找来一个空的啤酒瓶，放在桌子中央，有模有样地介绍游戏规则：“瓶口指向谁，谁就得站出来选择是说真心话还是挑战大冒险。”

游戏正式开始，大家屏气凝神一同看向桌子中央转动起来的啤酒瓶。啤酒瓶晃晃悠悠地转了两圈，速度开始缓缓变慢，最后停下，瓶口指向了提议玩游戏的那个开朗男生。

众人哄堂大笑。

“我选真心话！”开朗男生显然也没想到自己竟然会是第一个，一脸豁出去的样子，强装无所畏惧。

一个男生笑得贼兮兮地问道：“你最后一次尿床是什么时候？”

另一个人立刻打断：“你这个没意思，你一般用哪根手指挖鼻子？”

更有甚者在下面问：“如果贞子从电视里慢慢爬出，向你伸出一只手，你会怎么办？”

姜芽听了一连串的奇葩问题，笑得快喘不过气来。余斯燃一个眼神瞥过来，她的笑戛然而止。

“只能问一个问题！”开朗男生赶紧阻止大家的天马行空，以防再冒出什么更奇葩的问题来，“我选贞子那个，如果她向我伸手，我就勉强握回去一下，说一句‘握握手，好朋友’。”

下面立刻有一个哥们接了句：“我是帅哥你是狗。”

这是什么“沙雕”回答，姜芽刚喝的一口饮料差点笑喷出来。

等到下一场时，便印证了什么叫“苍天饶过谁”，瓶口指向了那个自称是“帅哥”的哥们。众人默契地把这个报仇的机会留给了开朗男生，开始七嘴八舌地出歪主意。

“我选大冒险！”

“大冒险可以呀，更刺激呢。”开朗男生奸笑了一声，开始盘算怎么报仇。

其他人幸灾乐祸地支招，姜芽见状也跟着出鬼点子：“跑大街上，边甩衣服边唱《扇子舞》吧。”

万万没想到大家都同意了这个。于是，这个哥们被众人目送着走到马路上。

“啦啦啦啦啦啦啦，粉红的扇子飞舞。”哥们一咬牙，边小声唱边慢慢甩衣服。

众人不满地抗议：“声音再大一点，衣服甩的幅度大一点！”

哥们又一咬牙，彻底放弃形象放飞自我，大声吼起来："啦啦啦啦啦啦啦，想和你一起漫步。"

这哥们堪称非常敬业地完成了大冒险，跑了两圈，众人把他叫了回来。只见他一回来便追着那个开朗男生打，又是捶胸口又是敲背的，嘴里振振有词地控诉道："男人何苦为难男人。"

等回到座位，姜芽有些良心不安，开始担心下一个被"报复"的就是自己，毕竟那个馊主意是她提出来的。

也许是今晚幸运女神护体，又过了两局，都没有轮到自己身上，她彻底松了口气。

她咬了一口鸡爪，看啤酒瓶一连转了三四圈还没有停下来，结果刚放下鸡爪，啤酒瓶就慢慢停了下来，瓶口晃晃悠悠地停在了她和余斯燃中间。

她紧张地咽口水，手偷偷伸到桌子下，抓住塑料椅两边往旁边又挪了挪。

啤酒瓶的瓶口忽然震了震，往左移了一个小角度，不偏不倚正指向余斯燃。

姜芽见状，心里窃笑，开始正襟危坐，准备看热闹。

"我选大冒险。"

不知道是不是因为余斯燃气场太强，大家一下子都没了胆子，提的大冒险都相当正经，姜芽也不敢站出来瞎出主意，就坐等他选其中一个。

最后拍板的大冒险是：用电视剧《爱情是从告白开始的》的台词，台湾话，向在场一个异性表白。

提议的人把搜好的台词递给他看：欧皓辰，我喜欢你，我的脑和心，我的全身上下所有的器官，都在说着我喜欢你。

姜芽憋着笑，坐在下面看热闹。她看过这部电视剧，这段台词是女主角池早早在后台向男主欧皓辰表白时说的，现在换成男生对女生表白，一定别有一番趣味。

5.

大冒险的内容定下来了，可还有一个问题，在场异性一共有七八个，他要选谁作为表白对象呢？

大家的眼睛里都充满了八卦的光芒。

提议的男生看了一眼台下几个眼里冒着星光跃跃欲试的女生，最后提出建议："要不转瓶子决定吧。"

很公平的办法，众人纷纷点头同意，姜芽也觉得不可能转到自己，跟着点头。

"我来转。"余斯燃拿过瓶子，在面前左右摆弄了一下，不知道在研究什么，然后放回原位，随意地转了一下。

姜芽撑着脑袋，看着瓶子转了一圈，两圈，然后瓶口慢悠悠转向了她，猝然停下。撑着脑袋的两只手一抖，下巴差点和桌子来个亲密接触。

这是什么鬼运气！她不敢相信地擦了擦眼睛，看向啤酒瓶，瓶口稳稳朝着的方向正是自己。

“让我们欢迎男主角余斯燃，女主角姜芽，为我们带来经典告白场景！”有人起哄道。

又不是她告白，她怕什么！她一咬牙，猛地站起来，面向余斯燃，气势凌人：“放马过来吧！”

众人纷纷大笑。

“姜芽你又不是去打架，这么有气势干吗！”

“你只要岁月静好，一脸娇羞听男神表白就好了！”

几个女生坐不住了，一个个的给她指导怎么表演。

姜芽从她们的意见中“取其精华，去其糟粕”，站得笔直，腰杆儿更是挺得直直的，然后表现出一脸期待的样子看向余斯燃，等待他的表演。

“我喜欢你。”

刚说四个字，几个女生便按捺不住，“啊啊啊”地在下面土拨鼠尖叫起来。

“停，打住！你们控制一下自己！不要影响两位主角的表演！”开朗男同学立刻对尖叫的女生做出停止的动作。

表演继续，余斯燃深情款款地看着她：“我喜欢你，我的脑……”

姜芽实在没忍住，“扑哧”笑出声来。余斯燃刻意的台湾腔就像被传染的口音似的，“脑”愣是说得像“老”，实在是太好笑了。

“女主角，你怎么回事？”开朗男生点名了。

姜芽急忙摆摆手：“不好意思，不好意思，我笑点低。要不，还是别用台湾话说了吧？”

于是，台湾口音换成了纯普通话。

余斯燃演员素质极高，丝毫不受前两次影响，依旧深情款款地看着她，还主动给自己加戏，拽过她，两手按住她的肩膀，眉眼温柔：“我喜欢你，我的脑和心，我的全身上下所有的器官，都在说着我喜欢你。”

姜芽被他这眼神一盯，浑身酥麻酥麻的，心紧张得怦怦直跳。与他最后一个“你”字一同响起的，是她那响亮的一声“嗝”。

众人本难得一片安静，已然沉浸到男主角的深情表演中，却被她的一声嗝瞬间拉回了现实。

“嗝，不好意思，嗝，吃太饱。”姜芽连忙解释。

“男女主角的演技真的是很明显了！姜芽，你看看人家，玩游戏都这么认真，你还不好好配合。”开朗男生代替广大民众表达了对她刚刚煞风景操作的嫌弃。

姜芽拼命点头同意：“嗝，我的锅。”

坐下去的时候，余斯燃轻声问她：“有没有被我的表白感动？”

姜芽瞥了他一眼，这人怎么这么自恋？

虽然，她不得不承认，他按着她肩膀说“我喜欢你”时，她紧张了。

之后，一伙人又玩了“萝卜蹲”“好汉请抱拳”“狼人杀”等小游戏，气氛十分融洽，愣是压着门禁时间才舍得散场回去。

回去的路上，余斯燃一直不远不近地走在姜芽的左后方。她犹豫了一会儿，停在原地不动，结果他也跟着停下不走。

“喂，你今晚有点怪。”她踢了踢地上的石子。

“哪里怪了？”余斯燃突然想到之前听尚嵘说过的一个土味情话，试探性地反问，“怪好看的？”

姜芽内心吐槽了一句“你简直想太多”，嘴上冷漠地回了他 4 个字：“怪幼稚的。”

姜芽忍住笑，转身背对着他才敢完全展露笑颜，两只手背在身后，继续往前走，脚步不由得变得轻快起来。她猜，他现在一定在暗地里说她幼稚。

余斯燃一路沉默地把她送到了寝室楼下。就在她快要进去的那一刻，忽然叫住她，然后问了一个让人摸不着头脑的问题。

“你觉得那个表白怎么样？”

没头没脑的一个问题，姜芽茫然地杵在门口，没搞明白他在问什么。

“算了算了，你上去吧。”

“哦。”她故意放慢步子磨蹭着，结果慢吞吞走到了二楼，也没等来他叫住自己。

不过，刚回到寝室，却收到了他的微信消息。

“明天中午见，我有话对你说。”

姜芽抱着抱枕在床上激动得翻了好几个滚，据她多年的电视剧和小说经验所得，“我有话对你说”这句话百分之九十九点九的可能发生在表白前。

难道余斯燃明天要跟她表白了？想到这里，她兴奋了许久，在床上翻来覆去一整夜，脑海里设想了无数个可能会出现的表白场景。最后，她因为太开心而失眠了。

第二天，姜芽顶着一双熊猫眼，对着镜子绞尽脑汁，到底怎么才能盖住浓重的黑眼圈呢？

饱饱从身后经过，一脸坏笑地凑到她耳边，问她：“老实交代，你昨天是不是做春梦了？我起来上厕所，你忽然娇羞地对我说了一句‘我愿意’，你愿意干吗呢？”

她揉着黑眼圈的手一顿，不敢相信自己的耳朵：“你听错了吧。”

“我昨天梦见有个天使问我愿不愿意暴瘦十斤，你说我能不愿意吗！”她避开饱饱的目光，瞎解释道。

好在正逢饱饱在减肥，“暴瘦”两个字立刻带歪了话题，她戳了戳自己脸上的肉，语气哀怨：“小天使怎么不来我的梦里呢，我也愿意暴瘦！”

姜芽瞬间松了口气，也伸出手捏了捏她脸上的肉：“天使今晚就会去找你了，但是，是不是暴瘦我就不知道了。”

上午的课结束，姜芽本以为余斯燃是时候该发消息告诉她在哪儿见面了，结果却一直没等来他的消息。反正无聊，她便优哉游哉地走到了男生寝室。

“余斯燃人在哪儿？”她在男生寝室楼下没等着余斯燃，反而看见了尚嵘，于是拦住他询问。

“你不知道吗，他请了一周的假回家去了。”尚嵘满脸惊讶，完全没想到能在这儿碰到姜芽。

“怎么突然回家了？”

尚嵘见到姜芽担忧的神情，故意煽风点火：“回去和美女相亲了，你不知道，他爸有个合作伙伴，女儿长得可漂亮了……”

没等他说完，她苦笑着应了一句“哦”，扭头离开。

尚嵘看着她落寞的背影，顿感不妙——

完蛋了，好像说错话了！

Chapter 08

唯星辰与你最美

1.

微风习习，几片树叶在她眼前缓缓飘落。姜芽半眯着眼，伸出手接住一片叶子，细细抚摸着它的纹路。

什么叫梦想很美满，现实很骨感？她在脑海里构想了无数个美好的画面，可这些最终也就只能停留在想象上面。就好比你要去的本是一个蓝天白云、晴空万里的地方，可睁开眼看到的只有漫天的黄沙。

也许他真的只是把自己当作好朋友吧。姜芽叹了口气，去社团和其他人会合。

今天下午是曳舞社组织的敬老院爱心活动，要去帮忙打扫卫生，顺便表演节目给老人们看，逗他们开心开心。这个敬老院里的老人们大多数是因为子女工作繁忙，没有时间照顾。

姜芽收拾好心情，提着水果篮跟在学姐身后走进敬老院。院子里，老人们三三两两聚在一起，一些在下象棋，一些在打扑克，温馨融洽，完全没有想象中的冷清。

负责人接过社员们带来的东西，然后分派任务。姜芽被分到表演节目，老人们搬着小木凳围成一个大圈，她和另外几个社员在院子中央跳曳舞。

许是对曳舞感到新鲜，再加上充满激情的音乐的感染，几个老人坐不住了，纷纷起身加入。有几个因为脚步跟不上干脆扭起了秧歌，甚至有两个奶奶在旁边直接跳起了广场舞。

姜芽几个人瞬间被这几个爷爷奶奶逗笑了，整个队伍被带着跑偏了，一个个跟着跳起了广场舞，音乐也贴心地切换成了凤凰传奇的《最炫民族风》。

忽然，负责人火急火燎地跑过来，关掉音乐，焦急地问："你们有没有看见许绣椿？"

姜芽几个人不清楚状况一脸茫然，老人们纷纷摇头表示没有看见。姜芽轻轻拽了拽身边奶奶的衣袖小声询问："奶奶，这是怎么了？"

奶奶叹了口气，给她解释："这个许奶奶有轻微的阿尔兹海默症，有时候很清醒，有时候又糊里糊涂的，这回不知道又躲哪儿去了。"

负责人急得原地打转："这次经常躲过的地方都找过了……还能躲到哪里去呢。"

姜芽主动提出帮忙，其他几个人也纷纷附议加入，只留下几个打扫卫生的人。

"江姨，许奶奶她之前一般都躲在哪些地方啊？"姜芽边走边问负责人。

"有时候蹲在床后头，有时候就一声不吭站在门后面……躲过最远的地方也就只有厨房和库房了。"

姜芽听完负责人说的几个地方，了然于心，莞尔一笑，信誓旦旦地向她保证："您放心好了，我大概能猜到江奶奶躲在哪儿了。"

姜芽发现，许奶奶躲的这几个地方都离她的房间很近，一下子便联想到了小时候奶奶陪自己捉迷藏时，教过自己的"最危险的地方就是最安全的地方"。

她在脑海里构造出这几个地点的大概位置特征，以房间为圆心点，50米为半径扩散开，然后迅速确定了几个许奶奶可能会躲藏的地点。

10 分钟后，她一脸沮丧地站在走廊上。她把猜想的所有可能性大的地方都找过了，结果都一一落空。果然，人不能太自信了。

“找到许奶奶了！”负责人激动地过来通知她。

姜芽松了口气：“在哪儿找到的？”

“她自己回的房间。”

“我可以去看看许奶奶吗？”

姜芽跟着负责人来到许奶奶的房间，只见床头坐着一个头发花白的老奶奶，微弓着腰，戴着金丝边的老花镜，低头认真地在刺绣。

她小心翼翼地走近，才看清了许奶奶正在绣一只金丝鸟。虽然她不懂刺绣，但看得出来，许奶奶的手法十分熟练，一定是这方面的行家。

许奶奶许是察觉到了她的视线，停下手上的活，抬头看过来。

姜芽不好意思地挠了挠头：“对不起，许奶奶，是不是打扰到您了？”

许奶奶摇了摇头，反而很热情地招呼她过去坐，偏着头和蔼地问她：“对刺绣感兴趣吗？”

姜芽点了点头，然后又急忙摇了摇头，红着脸解释：“其实我对刺绣没有太多的了解。”

许奶奶笑着拍了拍她的手背：“有没有兴趣学学？”

姜芽点点头。许奶奶看起来和她奶奶年纪相仿，说话温声细语，像极了古时候举止端庄的大家闺秀。她从小在爷爷奶奶身边长大，见着许奶奶，自然而然很有亲切感。

她学东西一向很认真，坐在一边安静乖巧地听许奶奶给她讲各种绣法。

“许姨，你孙子打电话来了。”负责人江姨拿着手机走了进来。

许奶奶生气地瞪了她一眼：“又不是第一次了！你怎么还打电话给他了？”

姜芽正坐在小木椅上给许奶奶削苹果，听到她们的对话好奇地抬头。

许奶奶朝她扬了扬手机，笑着说：“我孙子，和你一样大，可帅了。”说完，又挤眉弄眼地问她，“豆豆，有没有交男朋友呀？要不要考虑考虑我孙子？”

虽然只和许奶奶相处了一个多小时，她却深深感受到了这个老人的可爱，她吐了吐舌头：“您快接吧！”

“燃燃啊，怎么想到给奶奶打电话了？”许奶奶笑着打电话，待听到自家孙子要开始教育，便把手机离远了些。

手机里传来他孙子絮絮叨叨的一大段话：“您说我为什么打电

话？当然是想您了！您平时多和其他爷爷奶奶一起玩，不要一整天坐在房间里刺绣，您不要休息眼睛还要休息呢……”

他半字没有提许奶奶今天发病躲起来的事情，反而说了一大通废话。姜芽却明白，这是属于他们的默契。

“人呢？您是不是嫌我啰唆把手机盖着了？”许奶奶尴尬地笑了笑，把手机重新放到耳边。

“余斯燃？”这声音听着越来越觉得耳熟，她试探性地叫了声他的名字。

另一边沉默了几秒，然后犹豫着反问：“姜芽？”

许奶奶更惊讶了，脸上满是欣喜地问他们：“你们认识啊！认识好，认识好。”

姜芽愣了愣，没想到会这么巧，许奶奶竟然是余斯燃的奶奶。她从来没有听他提起过家里人，想到这里，心里忽然有些难过。原来，她对他也没有多了解啊。

后面的电话时间，突然变成了许奶奶化身媒婆变相牵红线的主场。姜芽也不好拂了老人家的兴致，只能时不时笑着配合一下。

许奶奶摆明了要撮合他们，余斯燃在那边开玩笑似的说：“也要人家姑娘同意啊。”

她听着，心里五味杂陈。

2.

许奶奶和余斯燃通话结束后，姜芽看了眼自己手机，果真如他挂电话前抱怨的那样，有好几个来自他的未接电话，还有几条刚发过来的微信消息。

“你怎么不接我电话？”

“你别听尚嵘那小子胡说，我没有相亲。”

“我爸这边出了点状况，走得急忘了告诉你。我一记起来就给你打电话了，你不理我。”

每一句话听起来都带着点委屈巴巴的感觉，姜芽想象着他一边委屈嘟着嘴一边给她发消息的样子，忍不住笑了，之前生的闷气一下子消散了不少。

许奶奶看她低着头对着手机偷笑，脑袋凑过来，眼睛精明，半开玩笑着说：“和燃燃闹别扭了？”

姜芽下意识地问出口：“您怎么看出来的？”

“这臭小子是我看着长大的，他从来只有对自己喜欢的人才会啰啰唆唆的。刚刚那个电话你也听见了，没完没了的，跟个小老头似的。他对他爸倒是一个字都懒得说。”

她忽然记起，他当初匆匆忙忙从梧桐镇离开好像也是因为他爸爸。

想到这里，她犹豫着问道：“许奶奶，余斯燃是不是和他爸爸关系……”

许奶奶叹了口气，欲言又止，然后两眼又忽然亮了，抓过她的手，拍了拍手背：“要是有机会的话，帮我劝劝燃燃吧。看得出来，他挺听你的话的。”

要是换作别人对她说这句话，她一定会立刻跳起来反驳回去：“你哪只眼睛看出来的他听我的话？”

如果对方说两只眼睛都看见了，那她一定会回一句：“那你的两只眼睛都有点瞎。”

而且，余斯燃啰唆这一点可以认同，听话这一点还是算了吧。

然而，等到她听了许奶奶的一番话，她才了解到余斯燃和他爸爸之间的隔阂的由来。

在余斯燃 6 岁的时候，他妈妈因为难产离开了，一同离开的还有肚子里那尚未见过这个世界的妹妹。可是，他的爸爸却因为工作赶不回来，连见最后一面都没有赶上。这件事就像一根刺，一直扎在他的心里。他忘不了他妈妈满头大汗紧紧抓着他手的样子，只要一想起来，他就没办法原谅他爸爸。

姜芽沉默了片刻，久久不知道说些什么。原来他们的内心深处都有一扇上锁的小门，里面有无法提及和不想提起的事，相比释怀更宁愿让它永远尘封。

离开敬老院前，许奶奶送给她一幅已经完成的绣品，并且千叮咛万嘱咐，下次一定要和余斯燃一起来看她。她说，她很喜欢姜芽，这是她这段时间以来最清醒的一天，也是最开心的一天。

姜芽听着，心里有些酸酸的，眼泪在眼眶里偷偷打转。她趁着低头拿东西的时候，偷偷地擦干净眼泪，走之前抱了抱许奶奶，许诺一定会再来看她。

5 天后。

姜芽在食堂门口碰见了和尚嵘一起来吃饭的余斯燃，没想到他回来了竟然不告诉自己，姜芽心里有点小赌气，便假装没看见他们。

尚嵘见状，拉住加减偷偷问："姜芽怎么了？"

加减摊了摊手，表示无能为力，等看到尚嵘身后的余斯燃，才意有所指地朝余斯燃抬了抬下巴："问问他呗。"

余斯燃却异常淡定，没有搭话，走进食堂。

姜芽低头闷声吃饭，在心里不停告诫自己："不要看他，不要看他……"加减她们也极有眼力见儿，谁也没提起余斯燃，而是故意嬉闹着抢对方的菜吃。

手机在包里连着振动了好几次，她放下筷子，拿出手机，屏幕上弹出消息提示：“几天没见，你怎么变小气了？”

竟然说她小气！她抬头朝余斯燃的方向瞪了一眼，正好迎面碰上他抬头看向自己这一边，触电般又急忙低下了头。

“你生气是不是因为我没告诉你我回来的事？”

“我没告诉你我回来了，是想给你一个惊喜。”

“不要这么容易生气，会长皱纹的！”

余斯燃的消息接二连三地发进来，姜芽马上合拢了因为生气嘟着的嘴。一共十句话，只有两句看起来比较正经。她思索了一会儿，回了一句看起来牛头不对马嘴的话：“你知道我是谁吗？”

余斯燃发来三个问号。

她点开相册，找到最近刚收获的表情包发了过去。表情包是大耳朵图图里的牛爷爷，配字：俺是你牛爷爷呀。

对方发来一串省略号。

“少惹你牛爷爷生气，你牛爷爷的牛脾气无人可敌。”她得意扬扬地发完，便把手机塞回了包里。

离开的时候，尚嵘追上来拦住她：“都是我的错，你千万别怪余斯燃，相亲这事是我瞎编的。”

姜芽哭笑不得，看了一眼他斜后方的余斯燃，收回视线："跟你没关系，你要是被威胁了，你就眨眨眼。"

尚嵘赶紧眨了眨眼。

余斯燃走过来，示意尚嵘可以走了。姜芽站在一边，不吭声，等他开口。

"气消了？"他倾身，凑到她跟前，漆黑如墨的眼睛紧紧盯着她看。

姜芽不自在地把脑袋微微偏向一侧，往后退了一步，强装镇定，转移话题："吃饱了。"

"那需要散散步消食吗？"

姜芽果断摇了摇头，几秒后又点了点头。她想到了许奶奶说的话，也许她可以趁这个机会完成许奶奶的愿望，帮助缓和余斯燃和他爸爸的关系。

"只要你答应我一件事，我就不生气了。"

余斯燃闻言，瞥了她一眼，仿佛知道了什么，转身作势要走："那你还是生气着吧。"

姜芽完全没料想到还有这操作，跳到他面前拦住他的去路："你这人怎么得寸进尺呢！"

"我怎么知道你不会趁机给我挖坑呢。"

“绝对不是坑！而且对你有利无害！”她拍胸口向他保证道，说完又觉得懊恼。几分钟前，明明她才是主动的一方，这会儿怎么就沦落到了被动的一方？

算了，看在许奶奶的面子上，她就暂且忍这一回吧。

余斯燃上上下下打量了她一番，一挑眉：“说吧，什么事情。”

5分钟后，两个本要散步消食的人，并排坐在了学校运动场的草地上。

姜芽直入主题：“听许奶奶说，你和你爸爸关系……”

话还没说完，余斯燃腾地起身就要走。

姜芽立刻拽住他的衣服，拖住了他，语气难得的强势：“你别躲！给我坐下来！”

余斯燃不情不愿，一屁股重新坐了下来，嘴里嘟囔着：“她怎么把这个告诉你了？你们才认识多久……”

听到这话，她更来气，两手气势汹汹地拍了下地，严肃指责：“你还好意思说！你是不是就没把我当朋友，什么都没跟我说！”

他欲言又止，嘴巴张了张，最后什么也没说。

“没话讲了吧！没话说就乖乖听我讲。”她故作老成地劝说着，“躲得了初一，躲不过十五。”

“如果我爸爸还在的话，我宁愿和他吵吵。”这句话是发自内心的，她多想和他们说说话，哪怕是吵吵架也好，却再也没有机会了。

余斯燃听她语气有些低落，凑过去看，故意半开玩笑的语气转移话题：“你没有哭鼻子吧？”

“怎么会，早就习惯了。”她拔下一根草，在小拇指上绕来绕去，“听许奶奶说，叔叔经常晚上一个人躲在书房里看你妈妈的照片，边看边抹眼泪。你就多站在他的角度，体谅点，不要再跟他吵了。”

“岁月说长不长，说短也不短，你要珍惜爱你的人。”她抬头看向他，眼神认真且坚定。

“行吧，看在你的面子上，以后和他说话我就少顶嘴几句吧。”余斯燃摸了摸她的脑袋，笑着打趣她，“自己看起来还跟小孩一样，教育起别人来倒是一套套的。”

煽情的氛围被他骤然打破，她把手上的草丢了过去，一字一字强调：“余斯燃，我跟你一样大！”

“是是是，一样大。”余斯燃举手投降，话音一转，“可无论是身高还是心智，你还是比较像小孩子。”

这人怎么不懂得感恩呢！她迅速起身，抡起拳头追了上去：“你有本事别躲！”

3.

“这场怎么就满了！换一家换一家！”

姜芽一推门走进寝室，就看到她们三个人围坐在中间，小脑袋凑在一起不知道在讨论些什么。

“你回来得正好！我们商量着去看电影，去不去？”加减拉着她坐下，手在淘票票界面划了又划。

“什么电影？”她凑过去看了眼屏幕，大致瞄了一眼最近会上映的电影，指了指《昨日青空》，“看这部吧！”

最后，四人达成一致，10 月 26 号一起去看《昨日青空》。加减正要付钱，姜芽忽然抓住她的手，迟疑不决，酝酿了一会儿才说道：“我忽然记起来，我那天有约了，你们三个去看吧。”

加减几个人面面相觑，然后心照不宣地一致“噫”了一声，尾音刻意拉得老长。

她保证，她不是重色轻友的人，见色忘义绝对是临时起意。她只不过是看在余斯燃答应自己会和父亲缓和关系这件事的面子上，才想到要请他看电影的。绝对不是因为今天上午看的那本杂志上写的那句“和喜欢的人一起看电影可以有效升华感情”，绝对不是！

好不容易从舍友的魔爪中逃出来，她坐在桌前思索了片刻后，给余斯燃发消息：“你 26 号晚上有时间吗？多买了一张电影票，去的话请‘扣1’。”

结果余斯燃的消息没等来，反倒收到了程桉的消息。

上一周听说他被派去参加省联赛集训了。程桉这人一训练起来便像变了个人似的，两耳不闻窗外事，于是她便也没去打扰他。

“你程哥在一众人中脱颖而出，成功在省联赛占有一席之地，还不速速来抱大腿！”

姜芽看他终于用对了成语，甚是欣慰，难得配合地回复道：“程哥真威武！”

这回反倒是程桉不习惯了，回复过来的话连打了三个感叹号：“你不对劲啊！！！今天太阳打西边出来了？”

“今天心情好。”姜芽回复。

“今晚我请客，你随便吃。听到这个消息，你的心情是不是更好了？”

姜芽听到他说请客，顿时看出来了他对这次比赛信心满满，笑着回复道：“等你赢了，我狠狠宰你一顿！”

就在这时，余斯燃的回复弹了出来：“1。”

姜芽回了一个“OK”的表情包过去。

“秒回，你是不是一直在等我回复啊？”余斯燃还在后面配了一个坏笑的表情。

生都这么自恋的吗？她故意把他的消息

也："你想太多！"

口是心非，尽管对这次看电影表示得很

程桉发的一条衣服淘宝链接把她对这件事

问她："你这是要去参加选美？"

店铺，一边在分屏给他回消息："你觉得我

背带裙加入购物车，瞥了一眼他的回复，冷

"说明你眼光不怎么样，有人喜欢就行！"

会？"

一顿，忽然记起那回从西杭看过篮球赛回来的

爬到她床上对她说的话。

他。

肯相信，始终觉得程桉对自己只是友情，要么，

情吧，绝对不可能有别的心思。可直到那次一起

提到自己有喜欢的人时突然的沉默和低落，让她

可是，既然程桉没有要挑明的意思，她便也要装作没有察觉。或许他只是习惯了和她在一起的日子就误以为是喜欢呢？也许只要让他知道她有喜欢的人了，说不定突然就能想明白了，姜芽只能这样宽慰自己。

不管怎么样，程桉在她心里也是很重要的存在……

姜芽懊恼地拍了下脑门，纠结了半天才回复："等有好消息了第一时间通知你！"

程桉只回了一个"好"字。她一时也不知道该说些什么，只能随意找了个借口结束了这场聊天。

时间不紧不慢地走着，一晃就到了10月26号。

姜芽左手一件背带裤，右手一件背带裙，对着镜子比画了半天，怎么也没办法决定。加减她们已经出发去电影院了，她为了防止偶遇，特意选了另一家电影院。

此时，寝室里就只剩下她一个人，她也没办法去询问自己的军师。

半个小时后，患有深度选择困难症的她在连试了五套衣服后终于做出了决定。她拍了拍自己的脸，露出了一个甜美的笑容："完美。"

她顺手拿出手机，当她看到手机屏幕上显示的时间的那一刻，整个人都震惊了，距离电影开场时间只剩 5 分钟。

除非上天在这时候赐给她一双风火轮或者一片筋斗云，否则她是不可能准时到达影院的。她正纳闷余斯燃怎么不打电话来问自己，才发现手机按了静音，而且因为这个静音还错过了五个未接电话。

糟糕。

她抱着一丝侥幸心理立即打了滴滴快车，从床头扯过挎包，锁好寝室门，飞速冲下了楼。

半个小时后，她气喘吁吁地站在了红星影院的取票处，看见了低着头看手机的余斯燃。

“我绝对不是想要放你鸽子，实在是因为某些原因耽搁了。”她一边喘气一边解释。

“你怎么不回我消息？”余斯燃挥了挥手机，问她。

“我……静音了。”姜芽垂眼，想着电影已经放了很久，也没办法接着看，于是提议道，“要不我们干些别的吧？”

抬眼的瞬间正巧瞥见了墙上新贴的偌大的海报，标题“鬼屋——有胆你就来”，她灵机一动，指向海报：“要不我们去鬼屋玩吧？”

余斯燃用质疑的眼神看向她：“你确定吗？”

姜芽被他一质疑，自诩看鬼片从来不会说害怕的她顿时不乐意了，不屑地表示："等进了鬼屋，我罩着你。"

事实证明，话说得太满，打脸来得越快。

进入鬼屋后，余斯燃便如进去前她安排的那般，听话地走在她后头。斜前方时不时闪烁着的一双绿眼睛，和左右两边忽然冒出的一张惨白色的脸，让姜芽不自觉地开始眯缝着眼，不敢完全睁开。

突然脚踝一凉，好像有什么冰凉的东西绕上了她的脚。她吓得猛踢了好几下脚，直到冰凉感消失，才彻底松了口气。身后传来他低声的笑，她愤愤地转头："你走前面。"

余斯燃明知故问："不是说好了你罩着我吗？"

姜芽理直气壮地解释道："我近视眼，看不清路。"

余斯燃笑意更甚，却也没为难她，伸手将她牵到身后，语气含笑："那你可得跟住了，胆小鬼。"

他的脸在黑暗里明明灭灭，看不清表情，手上的温度却是真实传递过来的。她小声辩解道："谁胆小，反正我不胆小。"

话音刚落，一个人头倒挂着出现在面前，长头发从两边垂到了地上，还吐出了鲜红的长舌头，姜芽没有任何心理准备，于是被吓了一大跳，她几乎是下意识地抓紧了他的手，紧闭着眼。

后面剩下的大半条路，她全程闭眼睁眼来回切换，不停给自己打气。嫌牵着手看起来还是不够安全，于是改抓着他的胳膊。只要一看见恐怖吓人的东西，便立即牢牢拽紧他。

一丝凉意从背后席卷而来，好像有一只手慢慢搭上了她的肩膀，她几乎是下意识地朝余斯燃扑了过去，一把抱住他，双手顺势环住了他的腰，脑袋深深埋在他的怀里不敢离开。

4.

从鬼屋出来后，姜芽第一件事便是找借口去上厕所，没等余斯燃反应过来，就一溜烟地消失在他面前。

她看向镜子，镜子里的自己面色暗淡，嘴唇发白，一副生了场大病的样子。

她伸手接了一捧水洗了个凉水脸，又从包里掏出口红仔细补了下嘴唇，整个气色瞬间好了不少。

脑海里浮现出在鬼屋里因为她害怕而和余斯燃亲密接触的场景，两颊不禁绯红。她发誓，她绝对不是故意趁机占他便宜的！今天之前，她从来没觉得自己胆子小，除了一些长相可怕的虫类，她好像还没有发现自己害怕过什么。

她真的不想承认自己刚刚在鬼屋里的一举一动是因为害怕，可如果不是害怕的话，倒就真成了故意占他的便宜。

“唉？”姜芽捂住自己的嘴，忽然意识到一件事，刚刚在鬼屋里，明明很紧张，她却没有打嗝！想到这里，她迫不及待地跑去找余斯燃，想要告诉他这个新发现。

“你有没有发现我今天有什么不一样！”她跑到余斯燃面前，拉着他的胳膊。

在她充满期待的眼神下，他缓缓说道：“胆小？”

姜芽咬咬牙，决定看在心情好的分上不同他计较，指了指嘴巴，给他指向性的提示：“不是，再猜！”

“口红？变好看了？”

“我没打嗝了！”她激动地抓着他胳膊狂甩，来回甩了个三四下才勉强平复下兴奋。

余斯燃虽然也欣喜，却很理智地问出了一个很要紧的问题：“怎么突然就好了？会不会是你没紧张所以也就没打嗝了？”

“我在里面快紧张死了好吗！”说完，姜芽才发现不小心暴露了自己的胆小，干脆破罐子破摔，“真的太奇特了，紧张成那样都没打嗝！”

“你在里面没说话，难道嗝咽回去了？”

她愤恨地瞪了他一眼。这难道不是一件普天同庆的事情吗，他话里话间怎么就像在告诉她“嗝不是不打，只是时候未到”“打嗝只会迟到，但绝不会缺席”？

“我知道了！”

她正想帮他纠正一下他的脑回路，突然见他激动地一拍掌。

“你知道什么了？”她屏气凝神，等他能说出什么新发现来。

余斯燃认真地总结道：“你不打嗝了，是因为我。”

姜芽闻言差点咳出一口老血来，她真想一口“盐汽水”喷醒他：“我以前怎么就没发现你这么自恋？”

余斯燃睨她一眼，认真提问：“我这么帅，身材这么好，不能给你安全感吗？”

姜芽自动过滤他前面的自夸，忽然觉得“安全感”三个字好像有点联系。

“其实你打嗝这个问题，我认真想过很多次。我觉得，这不是怪毛病，而是你骨子里缺乏自信的一种体现。”余斯燃拉着她找地方坐下，突然正经分析，“你说你只要上台当着许多人面说话就容易紧张，一紧张就会打嗝，可你回忆一下上次社团表演，你不仅没有打嗝，反而表现得非常好。因为这是你喜欢和所热爱的事情，所以你有自信。”

“同理可得，这次的鬼屋，因为我在身边，你内心里确信不会有危险，紧张只是因为突然出现的恐怖东西而作出的生理反应。”

姜芽听得半懂：“你的意思是，只要我相信自己，就不会突然打嗝了？”

余斯燃没有回答她，而是突然说要去上厕所。

“行吧，你去吧！”姜芽甩手让他走，自己却坐在长凳上把他刚刚说的一番话反复思索，越来越觉得他的分析很靠谱。她把之前发生过的因为紧张打嗝的情况单独拎出来，好像都能跟他说的对上号。

“嘿！”思考中的她猛地被人拍了下肩膀。

她腾地站起来，扭头看见是余斯燃，莫名松了口气，无语地翻了个白眼：“幼稚！”

“没打嗝吧，事实证明我说的是对的。”他得意地宣布，语气傲娇，“我这不叫自恋，叫自信。”

他忽然跳出来吓自己就是为了证明自己的分析是对的？

“你很好，不用在意别人的眼光。或许你担心别人可能会笑话自己的时候，其实根本没有人在关注你。”

“那……”姜芽刚想说点什么，猛地被余斯燃打断了。

“我们明天去梧桐镇吧。”

姜芽呆愣住，两眼写满了疑惑：“嗯？怎么忽然去梧桐镇？”

“去了你就知道了。”他一脸神秘，吊足了她的胃口，“去了绝对不会后悔。”

“去就去！”

两个人都是行动派，当晚就收拾好了东西。第二天一早就在学校东门会合了。

姜芽正准备给奶奶打个电话，说自己要过去住一晚。余斯燃伸手拦住了她：“我们去别的民宿住。”

放着免费的地方不住？

“为什么？”她收起手机，脱口而出。

“没有为什么。”余斯燃伸手拿过她手里的包，走在了姜芽的前面。

“你是不是怕我奶奶多想，以为我俩在谈恋爱？”她忽然想到了什么，朝着他跑去，笑得一脸灿烂。

他脚步一顿，回头上下打量了她几眼：“怎么看都是你占我便宜，我有什么可害怕的？”

她听了，活动了下手腕，向余斯燃伸出了拳头。余斯燃见状，立马加快了脚上的速度。

“你有本事别跑！”她气势汹汹地向他吼道，小跑着追上去。

余斯燃闻言，跑得更快了。

步行去车站原本要花 20 分钟，因为这场追逐，两个人仅用 8 分钟后就到了。

姜芽站在车站外上气不接下气，完全没力气报仇雪恨，余斯燃倒是气定神闲，站在一旁，呼吸平稳，和她形成了鲜明的对比。

5.

中午 11 点 40 分，两个人抵达梧桐镇。

余斯燃定的民宿离她家的民宿隔了好几条街，姜芽严重怀疑他是故意避开的，可又想不出是为什么。

她喝两口果汁，便抬头看他一眼，总觉得哪里有些奇怪，可又说不出到底是哪里奇怪。

姜芽的直觉是准的。她本以为余斯燃叫她来梧桐镇怎么也会到处去逛逛玩玩，结果吃过午饭去敲他的门，没人应，打电话没人接，发消息也没有回。整整一个下午，她都没有见着他的人影。

“耍她吗？”姜芽小声嘀咕。

于是，她一个人无聊地趴在床上，看了 3 部电影，晚饭时间才慢悠悠地出去觅食。

下午六点半，天已经开始渐渐昏暗，她吃饱喝足，悠闲地走在回民宿的路上。

在快到民宿的时候，她见到了一整个下午都没见着人影的余斯燃，他的身边还停着一辆浅蓝色的自行车。

因为心里觉得余斯燃是在耍她玩，姜芽无视他，冷漠地从他面前径直走过。

余斯燃跟上去，拉住她："带你去个地方。"

姜芽不吱声，还在气头上。

余斯燃继续诱惑她："有惊喜哦。"

"哦，没兴趣。"她瞥了他一眼，毫不在意地回了一句。

余斯燃这才意识到她在生气，于是伸手把她拉到身边，半推着到了自行车旁："大哥请上宝座。"

她哼了一声，一屁股坐在后座上。她倒要看看他要耍什么花样。

余斯燃载着她穿过了一条又一条街，她坐在后座吹着风昏昏欲睡，最后实在忍不住问道："你说的惊喜就是骑车兜风？"

"你闭上眼睛，马上就到了。"

什么地方弄得这么神秘？她闭上眼，隔一会儿便偷偷地睁眼偷看，越看越觉得这条路有些眼熟。

几分钟后，自行车停下，她睁开眼，看着眼前熟悉的星星基地，气得说不出话来。

"这就是你说的惊喜？"她咬牙切齿地问道。

偏偏余斯燃还用着一种邀人一起喝茶的语气对她说："上去坐坐。"

姜芽闷头跟在他身后上去，气得完全不想讲话，甚至想踹他一脚。

两个人并肩盘腿坐在屋顶上，姜芽抬头看星星，不吭声，等着他开口。

"你有没有听过一个笑话？有个记者去南极采访一群企鹅，他问第一只企鹅：'你每天都干什么？'企鹅说：'吃饭，睡觉，打豆豆！'接着又问第二只企鹅，那只企鹅还是说：'吃饭，睡觉，打豆豆！'假如我是下一只企鹅，你猜我回答什么？"余斯燃开口说了一大串话，最后把问题抛向了姜芽。

这么老的笑话他怎么讲得出来？

姜芽觉得有点好笑，于是附和道："吃饭，睡觉，打豆豆。"

"错！"

"那你说是什么？"

"吃饭，睡觉，喜欢豆豆。"余斯燃把头转向姜芽，一脸认真。

她正想说他无聊，突然猛地意识到他刚刚的回答好像有些不对劲："你刚刚说什么？"

她的头也转了过来，眼睛和他对视。

余斯燃一字一字地重复道："吃饭，睡觉，喜欢豆豆。"

"咳……"姜芽把视线移开，尽量让自己保持镇定，"说人话！"

"姜芽。"他起身，蹲在她面前，伸手轻轻扶在她肩膀上，与她保持直视，"我喜欢你。"

她瞪大眼睛，不敢相信。右手偷偷捏了捏左手背上的肉，清晰的疼痛感传来，告诉她一切都是真实的。

"姜芽，做我女朋友吧。"余斯燃抿了抿唇，像是下了极大的决心。

她几乎是下意识地点了点头。可是，刚点完头她就后悔了，答应得这么快岂不是显得她太心急。

姜芽在心里懊恼着，余斯燃却突然倾身凑过来。

啊，这么快的吗？

姜芽紧张得闭上了眼，呼吸近在咫尺，可想象中要发生的事并没有到来。

余斯燃伸手从她嘴角边捻过一粒细小的白色的东西："你是要留着晚上当夜宵吗？"

姜芽睁开眼，看到他手上的米粒，疑似是她晚上吃的饭团，又窘又生气。

察觉到姜芽的小情绪，余斯燃再次凑到她面前："你是不是以为我要亲你？”

“我可不可以后悔答应做你女朋友？”她这次绝对不会上当了！她狠狠地瞪着他。

“有点晚了。”他笑着摇了摇头，然后，俯身在她唇上留下蜻蜓点水一般的吻。

她把头转向一边，脸烫得厉害。此时她的脑子一片空白，她不知道下一秒该做出什么反应才会显得比较自然。

“喝醉了？”他笑着捏了捏她的脸颊。

姜芽转回头，微眯着眼，凭什么他一副游刃有余的样子，她却没出息地耳朵发热，脸颊发烫？这么被动才不是她呢！

于是，她伸手抓住他的衣领，用力一扯。也不知是她用力过猛，还是他蹲着没有防备，他整个人扑倒在她身上。

姜芽不知道突然哪里来的胆子，闭着眼迅速在他的唇上亲了一下，同样的蜻蜓点水，触感温软。

“这叫以牙还牙！”她用手撑着余斯燃，强装镇定，解释道。

“嘭”的一声巨响，烟花腾空而起，在夜空中绽开，犹如一朵朵繁花。

屋顶上不知什么时候绕了一圈彩灯，此刻也亮了起来，在夜幕中闪闪发光。

姜芽看着有点晃了神。原来一下午消失，就是为了准备这些。怎么办，她觉得余斯燃幼稚却又可爱，她好像更喜欢他一点了。

她既紧张又兴奋，心脏怦怦地上下雀跃着。原来，自己喜欢着的人也喜欢着自己是这种感觉。手上的酸涩感传来，她才意识到她和余斯燃的姿势有点微妙。

“咳……”姜芽假装淡定地说，“我手有点酸了。”

余斯燃察觉到，立刻撑着地坐起来。

视线转向天空中的烟花，他的表情很淡然，但耳根的红晕早已出卖了他。

Chapter 09
余家豆豆不可欺

1.

英文课，老师在讲知识点，姜芽却在走神。

这几天过得太虚幻了，她使劲捏了把手背上的肉，痛呼出声，才敢相信在梧桐镇的两天是真实而存在着的。一想到星星基地的那个吻……

姜芽一个没忍住，抿着嘴笑出了声。

饱饱幽幽的声音从身边传来：“恋爱的女人真可怕。”

姜芽虽然很不想承认，但自己好像确实有了那么一丝变化，周身好像隐隐散发着一股恋爱的酸臭味。她立即转移话题：“我想到你昨天喝醉酒回去把裤子套在头上穿，还一直抓着我们问为什穿不上去的样子，太搞笑了哈哈！”

“你闭嘴！”饱饱伸手捂住她的嘴，无比后悔，“昨天你脱单，我喝那么开心干什么！昨天对你太仁慈了。”

昨天晚上，为了庆祝她脱单，另外三个人毫不偏心地照例对她进行了“三堂会审”。她扛不住她们人多力量大，连椅子带人被架到了寝室中央。

加减为报上次的仇，提的问题最是犀利，愣是把初吻没了的事给炸了出来。最后，几个人又浩浩荡荡地转移阵地到了烧烤摊。饱饱也不知道傻开心什么，一个人喝了好几瓶啤酒，醉得晕乎乎的，一回到寝室抓着睡裤就往头上拼命套，嘴里一个劲儿地嘟囔着：“我的小裙子怎么穿不上了！”

当时，大家看着饱饱又心疼又好笑。

“好好学习，天天向上！”姜芽立刻变成严肃脸，拿本子轻轻拍了拍饱饱的脑袋，然后转头认真做笔记。

下课铃声一响，她把书塞给饱饱，拿出百米冲刺的速度，奔向了学校大礼堂。

余斯燃先斩后奏，告诉学校和其他学校有一个联合会演，而他作为南大形象代表成功抢掉了学校主持队的饭碗，而且还顺带捎上了她。

姜芽很有立场，义正词严地拒绝。她可不想和他成为主持队的敌人。可余斯燃软磨硬泡的功力实在太厉害了，她没扛住，灰扑扑地败下阵来。

两个人在后台对台词，姜芽一个字一个字咬得极其清楚，生怕读错。余斯燃则是随意瞥了一眼稿子，便把稿子放到了一边。

“你就记住了？”她扫视了一眼他的台词部分，字数看起来和她的差不多，好像还要比她多出几句。

“记完了。”他笑得一脸得意，“别学我，我有天赋。”

“你是不是提前看过了稿子，就等着现在奚落我？”

“我保证我就比你多看了一会儿。”他摸了摸她的发顶以表安抚，小声在她耳边说，“其实记不完全也没关系，到时候你可以自由发挥。”

“我现在想到上台就感觉很紧张，要是还记不住词，我就更紧张了！难不成到时候现场表演打嗝？”她担忧地问道，手不自觉地拽紧了稿子。

余斯燃拍了下她的脑袋，语气严肃：“我们说好的不提紧张！你的信心去哪儿了！你想想，你长得也不算丑，普通话也没东北大碴子味，你紧张什么！”

姜芽被他吼得一愣一愣的，这究竟是在鞭策她还是在拐着弯笑话她？

上台前一小时，姜芽换好了长裙坐在化妆间等余斯燃。

经过她的不懈努力和余斯燃的花式激励法，她终于在联合会演前牢牢记住了所有台词，只是隐约有些不安，她拿着台本不停地练习。

余斯燃换好衣服走出来，白色衬衫加西装裤，正式得下一秒就可以直接去参加晚会了。偏偏他身材还不错，长得又还不错，到时候免不了引来一批迷妹。

姜芽撇撇嘴，嘟囔了一句：“穿这么帅干什么。”

余斯燃一脸坏笑地凑到她跟前：“别担心，我心里只有你，容不下别人了。”

“那你可要记住了。”

“遵命。”他突然凑近，在她脸上亲了一下。

姜芽反应过来，没出息地红了脸。

临上台前，余斯燃捏了捏她的掌心，给她打气：“有我在，随意发挥。”

她知道，他在让她不要担心打嗝。

姜芽冲着他点了点头，深吸一口气，把情绪稳住，露出自信的微笑，和他并肩走上台。

一切都进行得很顺利，她举止得体大方，颇有几分主持人风范，中途退到幕后，余斯燃难得正正经经夸了她一回，她瞬间信心爆棚。

“鸟爱碧山姜，吾其春草芽，未知风乘我，引动眉间喜，忆我平生欢，无我原非你。接下来，请欣赏东理大学话剧社带来的话剧表演《梁山伯与祝英台》。”余斯燃说完，笑着走回幕后。

台词里什么时候有这首诗？她掩住好奇，跟着他退到幕后，发问：“你刚刚说的那个什么眉间喜这首诗，我怎么没在稿子里看见？”

“我自己加的。”

“现场作诗？”

“你没听出来？”余斯燃答非所问。

“听出来什么？这首诗没学过啊。”姜芽一脸好奇。

余斯燃神情复杂，皱着眉想了想，说：“会演结束了再告诉你。”

等到姜芽上台，姜芽已经对主持得心应手，眯着眼笑着说：“青春的交响绽放华丽的激情，校园的纯真挥洒最美的真挚，嗝……”

她猝不及防地打了一个嗝，心里顿感不妙。

奇怪，她一点也不紧张啊，怎么就突然打嗝了？

她急忙保持住镇定，笑着继续说道："作为一个吃货，嗝，趁着青春就要吃遍想吃的美食，嗝，千万不要担心变胖！所以我中午吃得太饱了哈哈，接下来的表演是一群又瘦又漂亮的小姐姐，嗝，主持人表示非常羡慕。"

意料之外的是，台下被她有声有色的表演逗得哈哈大笑，气氛也随之更热闹了。

余斯燃不知什么时候走到她的旁边，接过她的话，说："接下来请欣赏南州大学带来的爵士舞表演《青春圆舞曲》。"

幕后，姜芽连喝了好几口水才停止了打嗝，气嘟嘟地捶了余斯燃好几下才解气："都怪你，让我当着那么多人的面打了好几个饱嗝！"

她思考了好几分钟才想到，自己又不紧张，唯一让她打嗝的就是晚饭时间他给她点的一堆零食。

余斯燃伸手架过她的脖子，挑眉说："你刚刚不是反应挺快的吗，我看台下气氛都被你带起来了。"

姜芽也没想到，打嗝非但没有引来笑话，反而还带动了大家的气氛。于是，她顺着台阶往上爬："那是因为你女朋友机智聪明，反应迅速。"

余斯燃也不揭穿她，宠溺地附和道："是是是，我女朋友可聪明了。”

说完，又加上一句：“宇宙第一无敌绝世小聪明。”

哪儿学来的这么土的马屁。姜芽嫌弃地瞥了他一眼，然后嘟着嘴转过了头。

2.

姜芽的第一次主持生涯完美结束，不但没有因为“抢饭碗”遭到主持队众人的敌视，反而被他们热烈邀请加入主持队。

她在后台换好衣服出来，一个长得挺阳光的男生过来找她要微信。她正要委婉表达自己有男朋友，余斯燃不知道什么时候走到她身边，一把搂过她带进怀里，装作不经意地问：“请问找我女朋友有什么事？”

姜芽憋着笑，看着他一脸高冷地宣誓主权，心里美滋滋的。

等到那个男生走后，她故意装作不开心的样子质问：“你干吗挡我的桃花？万一哪天你不喜欢我了，我好歹还有其他人喜欢。”

“想得美，我这朵桃花还不够你赏的？”余斯燃捏了捏她的腮帮子，带着一副严肃正经的表情。

姜芽笑着上下打量了他几眼，然后满意地点头：“够了够了。”

回到寝室，饱饱一脸兴奋地拉着她坐下，还把手机递给她看：“姐妹，你在学校要火了！”

姜芽纳闷地接过手机，看向屏幕，偌大的标题“捕捉一枚可爱女生”映入眼帘。原来，她打嗝主持那段被人录了下来发在了学校贴吧。她点开主帖的视频，看着看着，自己也忍不住笑了。

她继续往下刷，看了一些评论，无异于一些“哇，这个女生好可爱”“打嗝有点可爱呢”“一分钟我要知道这个女生的所有信息”……

以前，她上台因为紧张打嗝停不下来，得到的都是嘲笑和奚落。万万没想到她竟然有一天会因为打嗝被夸可爱，还得到这么多人的喜欢。

姜芽把手机还给饱饱，心情大好，就连刷题都高兴地哼着歌儿。

突然，饱饱猛地拍了下桌子：“豆豆！出事了！”

“怎么了？”她一脸蒙地看过去。

饱饱又把手机递给她，表情复杂地示意她看下去：“你自己看吧。”

还是那条帖子，热门评论是“请看我的最新帖子，揭露可爱女生的真实面目，即时更新”。

姜芽皱着眉点开这个 ID 为“老老实实做人”最新发的帖子，标题“揭露可爱女生的真实面目”，帖子正文写的是韩剧《匹诺曹》

女主角崔仁荷的角色介绍。

“崔仁荷，患有匹诺曹症候群的社会部女记者，因患有匹诺曹症候群所以只要一说谎就会打嗝，说出真话打嗝就停止。大部分的匹诺曹症候群患者因为一撒谎就露馅，所以一般都是少说话，避开人群。”

评论第一楼是“老老实实做人”的总结：“你们眼中的可爱女生打嗝是因为在说谎！她经常打嗝，说明谎话连篇，你们还觉得她可爱吗？”

而且，楼中楼列举了好几件事，看起来有理有据，其中一件事便是联合会演。

“该女生在说到爵士舞节目时突然打嗝，是因为她嫉妒爵士舞社某个学姐，心口不一，以吃太饱为借口，说是羡慕其实是在掩饰嫉妒。据知情人士透露，表演前她在后台向该学姐拍马屁时也打了嗝。”

下面还有一个疑似是那个学姐的 ID 回复道：“她确实在后台夸了我。”

姜芽心情复杂，她在后台的确夸了爵士舞社团的一个学姐。因为那个学姐身材高挑，长得也漂亮，她控制不住地多看了好几眼，最后忍不住发自肺腑表达了一下对她的喜欢和羡慕之情。至于打嗝，真的是因为吃得太饱了，怎么就变成了这个人口里“心口不一、两面三刀”的女生？

她接着又翻了“老老实实做人”的好几条评论，简直五体投地。这人对她究竟是有何深仇大怨，编了这么多条有模有样、看起来挺像那么一回事的依据。如果她不是当事人，这样看下来，当真要信了。

桌上手机振动，来电显示“程桉”。她按下接听键，程桉幸灾乐祸的声音传了过来：“你在学校得罪了什么人？因为可爱火了就算了，现在还因为像崔仁荷而火上加火？”

没想到她还火到他们西杭去了，她苦笑着回道：“不知道哪位嫉妒我可爱。”

她听到程桉那边轻微的一声松了口气的声音，心里了然。

“你放心，你程哥已经快马加鞭召唤了计算机系的兄弟，马上就给你找出这个人来。”

姜芽忍俊不禁：“你怎么这个时候还不忘用成语！”

程桉冷哼一声：“头可断，血可流，成语不可忘。”

男生寝室 317。

余斯燃冷着脸看着电脑屏幕，手上快速敲打着键盘。其他三个男生，也坐在桌前，一言不发认真操作着电脑。

“搞定！”尚嵘朝余斯燃比了个“OK”的手势，其他两个男生也依次点头。

余斯燃微微蹙眉，看着电脑屏幕上这个并不陌生的名字——乔薇。他拿过手机，输入一串号码，编辑消息：“田径场见面，有事找你。”

5分钟后，余斯燃和乔薇面对面对峙。他一脸冷漠，实在想不明白眼前这个高傲漂亮的女生会再次做出如此卑劣的事来。明明上次贴吧那条“悄然CP”帖子，他已经暗暗警告过了。

“主动道歉，我反击，你自己选一个。”他实在不想再废话。

“我凭什么道歉！”乔薇不服气地昂头，“我说的句句属实，有什么错！”

余斯燃紧皱着眉头，拳头紧攥垂在两边，极力按捺住火气：“你确定吗？”

余斯燃的语气很冷，乔薇听了忍不住往后退了退。

余斯燃把手机递给她，屏幕上显示的正是她发的那条帖子，不一样的是，下面的评论发生了大翻转。一个ID为“易燃易爆炸”的人在她每条所谓的依据下都进行了反驳，并且拿出了更有说服力的证据。

乔薇拿着手机的手微微颤抖，紧紧咬着唇不吭声。

余斯燃从她手上抽回手机，语气冰冷：“我希望 5 分钟内能看到你自己站出来。”

余斯燃走后，乔薇蹲在地上，埋头哭了。从什么时候开始，她变成了这副模样，甚至变成了自己讨厌的人。

寝室里，姜芽抱着手机不知道在想着什么。

“豆豆，简直是大翻转啊！”饱饱指着那个“易燃易爆炸”的 ID 欣喜若狂地说。

姜芽看向那条联合会演的评论，一个 ID 为“易燃易爆炸”的人在下面言辞犀利地评论道：“纯属无稽之谈。‘韩剧女主崔仁荷一撒谎就会打嗝’来源于编剧脑洞，属于虚构。”下面配了一张“匹诺曹综合征”的百度词条截图，和一张拍了一堆各种塑料袋包装的照片。

姜芽认出来，第二张照片是她中午吃完拿余斯燃手机拍的，还特意发了说说秀了一波恩爱。她刚刚还在想亲朋好友都发来慰问了，作为男朋友的余斯燃怎么一点动静都没有，原来是个行动派啊。

她搂过饱饱的脖子，笑容满面，话里满是得意：“你看看我男朋友这行动力。”

饱饱嫌弃地把姜芽的手挪开：“呵，恋爱的酸臭味。”

她刷了刷帖子，置顶消息已经变成了“老老实实做人”的道歉声明，下意识感叹道：“我也想找个会计算机的男朋友。”

姜芽无情地揭穿她：“我可记得，你说想找一个甜品师男朋友。”

饱饱给了她一个白眼：“知道什么叫看破不说破吗？”

3.

一波刚平一波又起，姜芽绝望地仰天咆哮，难道这几天是她的“水逆”期吗？

“打嗝事件”刚结束，她还没搞清楚那个“老老实实做人”的ID是谁，紧跟着在贴吧又被黑了。这次黑她的人的ID叫“在线教你做人”，帖子标题刺眼。这两个人的ID看着挺像情侣名，而且一致隐射教她做人。

姜芽盯着“姜姓女生插足神仙爱情”的标题，怎么看怎么觉得刺眼。她什么时候插足别人的神仙爱情了？而且，她总觉得这个标题似曾相识。

她翻到正文，长长一段文字，跟讲故事似的。她大致浏览了一遍，看到了熟悉的字眼“悄然CP感情决裂”。这条帖子和上回帖子内容有很大的相似度，她随意翻了翻，下面评论一片倒，无非都是在谴责她插足余斯燃和乔薇的恋爱。

“他们眼神是不是不太好，我和余斯燃才是神仙爱情好吗？”她越看越觉得无语。

饱饱倒筛子似的狂点头：“说得对！你去给这些评论的人一人配一副眼镜。”

“没钱。”姜芽两手一伸。

放着计算机系的男朋友不找，她是不是傻。姜芽一个电话拨过去，然后使劲挤了挤眼睛，让自己的声音尽量显得委屈巴巴：“燃燃，听说我插足了你的神仙爱情？”

正在喝水的余斯燃被她的话呛得直咳嗽，十分配合地回道：“你不就是我的爱情吗？”

姜芽差点呕出来，相当嫌弃，秒变严肃脸：“回到正题，这肯定是你哪个小迷妹嫉妒我，你赶紧摆平了！”

“遵命。”余斯燃一边噼里啪啦敲键盘，一边取笑她，“我还担心你扛不住流言蜚语会哭着来找我要抱抱，没想到心态还挺强。”

姜芽撇撇嘴，不乐意：“行，那我现在就哭着来找你。”

20分钟后，她站在男生寝室楼下，掏出事先准备好的眼药水，在两只眼睛周围滴了几滴，然后给余斯燃发消息：“快下楼来接见你的女朋友！”

余斯燃看了，手上的速度停了下来，拿着手机给尚嵘发了几句话，便下了楼。

姜芽见到余斯燃下楼，慢悠悠地往他的方向走，边走还边抹眼睛。

“呜呜呜呜，我太伤心了，我太生气了！”她自诩表演技能十级以上，哭得梨花带雨地扑向他。

余斯燃长手一伸，抵住她，不让她扑过来。

她继续哭，准备来个肝肠寸断的哭戏：“你是不是不喜欢我了？你这个花心大萝卜！”

余斯燃掰正她的脸，细细打量了一番：“眼药水就干了？”

姜芽掐他手臂，扁扁嘴：“你不是说要给我抱抱吗？”

余斯燃笑着抓过她，一把拽进怀里，微微弯腰，唇微微贴在她耳后，声音温柔：“安慰安慰我的小可爱。”

姜芽笑着伸手回抱住他。

手机提示音响起，他腾出一只手掏出手机，看了一眼信息，然后低头告诉她：“找到发帖的人了！带你去揍他，千万别手下留情。”

姜芽跟着他们一起去了学校外的创客网吧，边走边在心里想这个“在线教你做人”到底长什么样。

尚嵘带头走在前头，在一个包厢前停下，向他们示意那个人就在里头。几个人点头，一致噤声。

他叩了叩门。

里面传来一个男生谨慎的声音：“谁？”

“兄弟，网吧有几台电脑出了问题。你这台没啥事吧？”尚嵘打哈哈。

里面的人没有开门的打算，脾气还不太好：“没有。”

一个男生拿着几瓶饮料走过来，尚嵘灵机一动把那个男生拉到一边，小声嘀咕了几句，把那个男生打发走了，拿着那几瓶饮料回来。

“兄弟，你要的饮料。”尚嵘换了另一个声音，敲门再次询问。

姜芽五体投地，冲他竖了一个大拇指。

开锁的声音传来，只漏了一个缝隙，尚嵘立刻伸脚踹了过去，余斯燃另外两个室友立马冲过去，一人抓住对方一只胳膊。

姜芽从余斯燃身后探出脑袋，看向那个“在线教你做人”。陌生的一张脸，还是个男生？她处在震惊中无法消化。

那个男生被他们架到了椅子上，一人站在一边看住他，余斯燃冷着脸走过去，问：“你发的帖子？”

“在线教你做人”觉得瞒不住了，破罐子破摔，瞪着他：“就是我发的，怎么了？”

“你喜欢他？”姜芽从余斯燃身后走出来，指了指余斯燃问他。

五个男生皆是一脸震惊，被她的话雷到了。

姜芽见大家一声不吭，好奇地看向他们，发现他们都一脸便秘似的复杂模样："你们都怎么了？"

余斯燃打破沉默，看向"在线教你做人"："为什么要发帖子？乔薇叫你发的？"

"在线教你做人"气得跳脚，被余斯燃两个室友按住。

"不关薇薇的事。插足别人感情还不能让人说了？"

姜芽听不下去了，走到他面前，伸手戳了戳他的镜框，认真问道："你近视度数是不是挺高的？"

"你怎么知道？"

"要不你怎么瞎呢？"姜芽瞥了他一眼，没好气地说。说完，她搂住余斯燃的胳膊，秀了一波恩爱，"神仙爱情在这儿呢？你写的那个什么乱七八糟的帖子从哪个小说抄来的，太没意思了。"

尚嵘哈哈大笑："姜芽，你的口才一级棒啊。"

姜芽朝着尚嵘眨了下眼，得意地说："一般一般，世界第二。"

明明是来抓发帖人的，现在突然转变成了大型人格侮辱现场和商业吹捧现场，意识到这一点，姜芽低头笑了。

唉？不对啊？刚刚余斯燃提到了乔薇？

姜芽走到余斯燃身边，偷偷拽了拽他的衣服，小声问道："这事跟乔薇有关系？”

“待会儿跟你细讲。”余斯燃说完，径直走到电脑前，弯腰在电脑前噼里啪啦敲了一会儿，然后转头看向“在线教你做人”，眼神警告，“我不管这次谁是主使，这件事我不想再看到。”

姜芽凑到跟前，看了一眼电脑屏幕，发现帖子最新置顶只有一句话：“此条帖子纯属个人臆想，不上升真人，在此向被牵涉的人表示诚挚的歉意。”

她收回视线的瞬间又瞥见“在线教你做人”的 ID 变成了“其实我是猪”。

“真幼稚。”她嘴上虽然说着他幼稚，心里早就笑开了花。

余斯燃这时也不怼回去，他牵过她的手，走出房间。

在即将离开的时候，又像是想起了什么，回头叮嘱尚嵘：“给他好好上一堂‘思想道德修养课’。”

尚嵘一副“交给我放心吧”的样子，拍了拍胸脯。

4.

贴吧风波彻底过去，姜芽非但没有受到什么影响，反而收获了不少人气。如果换作是以前，她天天都在担心别人会笑话她打嗝的毛病。一个人面对这些顶多只能做到不理不睬，心里难免也会在意他们的看法。

余斯燃就像一根定海神针，当他出现在她的生命里的时候，就已经给了她勇气和自信。

影视赏析课前，姜芽再次在自己的抽屉里看见了那张粉色信封。连着三周的影视赏析课，她都能看见自己的抽屉里放着一张粉色信封，今天是第四次。

她趁着余斯燃来之前想把情书藏进包里带回去毁尸灭迹。结果被余斯燃抓了个正着，他夺过粉色信封，扬了扬，明显不高兴的样子："谁要挖我墙脚？"

"我保证我不知道。"姜芽立刻表明和自己无关。

"粉嫩嫩的，丑死了。"他把情书丢还给她，一脸的嫌弃，余光瞥到了信封上写的"致姜芽"，又嫌弃地"啧"了一声，评价道，"字还不怎么样。"

"余斯燃。"姜芽扑哧笑出声，撑着脑袋认真看他。

"嗯？"

"我怎么觉得你越来越像个醋缸了呢？"她伸手捏了捏他的腮帮子，觉得手感不错，又捏了捏。

余斯燃冷哼一声，把她的手拍开，像是故意跟她较劲儿似的，怎么都不搭理她。

“同学，可以借一下你的马克笔吗？”

姜芽抬头看向回头向她借笔的前桌，白皙的娃娃脸，很是可爱，她愣了片刻急忙把马克笔递给他。

余斯燃见状更不开心了，在旁边嘟囔了一句：“放着帅哥不看，没眼光。”

姜芽听见他的吐槽，鼓着嘴主动讨好，结果他压根不领情。

真小气。姜芽在心里想，表情却是笑着的。

下课后，前桌特意走过来把马克笔还给她，姜芽收下，将笔塞进包里。后来，见男生没有要走的意思，她抬头看向他，一脸疑问：“同学，你还有什么事吗？”

娃娃脸男生点头，突然有些羞涩：“姜芽同学，我喜欢你。”

余斯燃手上的书啪地掉在了地上，姜芽受到的惊吓也不小，她尴尬地咳了一声，意有所指地看向余斯燃，拒绝了他：“同学，我有男朋友了。”

谁知道娃娃脸男生并没有因此放弃，反而如同在宣誓一般郑重其事：“我知道，我愿意和他公平竞争。”

“你愿意吗？”姜芽从来没见过这场面，傻愣愣地扭头问余斯燃。

"不愿意。"余斯燃眯着眼，眼里带着危险的气息。

姜芽扭过头转述娃娃脸男生，一本正经地回复："他说他不愿意。"

"他不愿意没关系，反正我是不会放弃的。"

"他说他不会放弃。"姜芽又转头告诉余斯燃，说完，她才发现自己跟个传声筒似的，人家两个又不是听不见对方说话，她倒像个傻大个似的左扭头右扭头传话。

抽屉里的包被拿起，接着余斯燃自然而然地牵起了她的手，把她从座位上拉了起来。

"同学，让路。"余斯燃冷冷地朝娃娃脸男生说。

娃娃脸男生脾气好，也不生气，反而笑着偏了偏身子，还朝着姜芽挥了挥手，说："姜芽同学，下次见。"

姜芽正要回头跟他挥手，余斯燃握着她的手更紧了几分。她心想着说句"再见"也行，余斯燃的声音幽幽地传了过来："再也不见。"

后来每一节影视赏析课，余斯燃都要先来女生寝室楼下等她一起去，然后踩着铃声的前一分钟牵着她进教室，环顾教室一圈确定娃娃脸男生的位置，选一个离他最远的座位坐下。

5.

立冬刚过，天气开始转凉。

余斯燃买了情侣外套，一脸傲娇地塞给她，千叮咛万嘱咐她今天一定要穿上。

姜芽觉得自己的预感一向很准，根据她多年追剧经验，这次余斯燃一定有大动作。她排除了各种可能，最后隐隐猜测他可能要求婚。想到这里，她羞涩地捧住脸，他们才大一，求婚会不会太早啦？

她带着小小的期待跟着余斯燃出门。

当走到一家店时，姜芽的笑容停滞在了脸上，她呆呆地扭头问道："我们真的要去玩密室逃脱？"

余斯燃肯定地点了点头，牵着她走了进去。

姜芽在一旁嘟着嘴，果然不能对余斯燃有过多的期待！

工作人员给他们介绍游戏规则："你们要选出一个人到最后的房间，等待另一个人通过三个房间的关卡来解救。"

姜芽听了，越来越觉得不对。这是什么密室逃脱的玩法啊，她怎么从来没听说过啊？

余斯燃对游戏规则没有异议，顺便还把她安排得明明白白："你通关，我在最后一个房间等你。"

她沉默了片刻，见工作人员神情自然不像在开玩笑，犹豫着问："你确定让我去通关？认真的吗？"

“你是不是担心自己智力不够，到时候连一个房间都出不去？”

姜芽最受不得他的激将法，明明每次都清楚他是在激自己，却还是控制不住跳进坑里。她理直气壮地撑着腰：“不可能！你信不信我半个小时就能通过所有房间！”

“信。我在最后一关等你。”余斯燃点头，一副“天将降大任于斯人也”的模样拍了拍她的肩膀，然后毫无留恋地跟着工作人员走了。

牛已经吹出去了，她也不好再反悔。于是，姜芽认命地跟在另一个工作人员身后去了第一个房间。

第一个房间的墙壁长得跟魔方一样，墙上贴了很多便利贴，她仔细地看了几行，瞬间发现了规律，上面的内容主要分为两类，诗和诗的背景故事。

她从墙上取下一张粉色的便利贴，上面写着：农民在正午烈日的暴晒下锄禾，汗水从身上滴在禾苗生长的土地上。又有谁知道盘中的饭食，每颗每粒都是农民用辛勤的劳动换来的呢？很显然，这张和蓝色的写着《悯农》的便利贴相对应。

她把便利贴从墙上全取了下来，一一对应过了后，发现多出了一张白色的便利贴，上面写着：村外有一口池塘叫骆家塘，每到春天，塘边柳丝飘拂，池水清澈见底，水上鹅儿成群，景色格外迷人……

这不就是指的骆宾王的那首《咏鹅》吗？

这张怎么会多出来呢？她拿着这张便利贴琢磨了好一会儿，还是想不出这首诗对出房间有何作用。

蹲着思考了半天，她灵光一现，走向大门，清了清嗓子，尝试性地开始背《咏鹅》：“鹅鹅鹅，曲项向天歌，白毛浮绿水……”念完后，她满脸期待地看向门，只见门没有丝毫反应。

这个时候门不是应该像《阿里巴巴与四十大盗》故事里描述的一样，喊一句“芝麻开门吧”就应声打开吗？

哼，骗子。

她回过头，继续扫视着房间，忽然注意到房间角落里有一个纸箱子，仿佛看见了希望。她走过去，打开箱子，里面有各种毛绒玩具，有尖叫鸡、哆啦A梦、皮卡丘……她一个一个拿出来，然后瞥见了最底下的一只大白鹅。

她顿时明白过来，然后伸手把大白鹅从底下抽了出来。她把鹅塞进了门上面自制的一个小抽屉里，结果门还是没反应，她犹豫了一会儿，对着门说了一句：“鹅鹅鹅。”

下一秒，门便“嘎吱”一声开了。

姜芽取出鹅抱在怀里，走向第二个房间，这次是木色系的墙壁。

房间里空荡荡的，只有一台电脑和一台跳舞机。她站在中间纠结了一会儿，最后站上了跳舞机。好在她有舞蹈基础，跟着屏幕上的动作跳起来没有太大的困难，成功达到了目标分值。

她转而来到电脑前，开机，屏幕上空荡荡的，只有一个应用——《绝地求生》。她越发觉得这家密室逃脱不太正常了，每个房间的游戏设置似乎都能和自己扯上关系。

第二个房间通关得轻而易举，她瞬间信心大涨，哼着歌儿进了第三个房间。墙上有一块巨大的类似棋盘的木盘，里面是一小块小块的正方形木块，每一个上面都有字，可以上下左右移动。她仔细地观察了一遍，发现了几个熟悉的字。

“姜”“芽”“眉间喜”“平生欢”……有很多都是上次联合会演时余斯燃突然加的台词。

她摸着下巴思索了一会儿，开始上手移动木块。五分钟后，她凭着自己的语感完成了这首诗。

姜芽站远了一点，看向这首诗，扑哧笑了。这是一首藏尾诗，尾字连在一起是“姜芽我喜欢你”。

姜芽摸了摸大白鹅的嘴巴，低着头笑了笑。其实，这首诗写得不怎么样，但莫名有一点点感人。

她就说自己直觉挺准的，这个密室逃脱肯定就是他安排的！

第四个门慢慢地打开，姜芽看着那里，心跳忍不住加快。他会说什么呢？她来不及多想，收起自己的小雀跃走了进去。

进去的时候，本想着应该能见着余斯燃，结果房间突然陷入一片漆黑。

她冲着空气轻声喊："余斯燃？"

没有得到任何回应，她内心有点慌张，这个密室逃脱不会停电了吧，于是便大声地喊着："余斯燃你在哪里！我害怕！"

下一秒，房间突然亮起了点点星光，她抬头看向天花板，一片星空映入眼帘。星星闪烁着淡淡的光晕，忽闪忽现。突然，一束光打在她身上，她微眯着眼，看见余斯燃朝自己走来。

"姜芽，你愿意一辈子只做余斯燃一个人的女朋友吗？"他一脸温柔地看着她，双眸似星光闪烁，嘴角含着笑意。

余斯燃说的这句话太长了，她立即就想起之前上课时他的不高兴。

姜芽把手上的大白鹅丢给他，故意说："不愿意。"

余斯燃脸色一沉。

姜芽看着余斯燃闷闷的表情，笑了出来。她扑过去抱住他，还顺手掐了一把他腰上的肉，威胁道："你这是耍流氓，哪有一辈子做女朋友的！你不打算娶我吗？"

“耍流氓也只对你一个人耍。”他捧着她的脸吻了下来。

姜芽被吻得猝不及防，刚想要推开他，突然门啪的一声被推开了，几个人影一个接一个地摔了进来。

“都叫你小心一点了。”

“你快给我起来！”

……

熟悉的声音传来，是饱饱、加减那些人。姜芽立马害羞地缩回脑袋，结束了这个吻。

“你们继续你们继续，我们只是路过。”尚嵘意识到他们进来得不是时候，急忙赶其他人出去，还贴心地关上了门。

两人默契地看向对方，相视而笑。

姜芽勾了勾手指，叫他低头，然后抱着他的脖子，又吻了上去。

时光很长，一年四季，一日三餐，朝升暮落。姜芽希望以后予她开心的是余斯燃，一起吵闹的是他，一起白头的也是他。

（正文完）

Extra 01

和大醋缸子的甜蜜日常

1. 土味情话

姜芽总觉得余斯燃这几天有些不大对劲，经常对着她欲言又止，然后又半是放弃地闭了嘴。

在余斯燃再一次欲言又止挪开目光后，她实在忍不住了，抢先问出口：“你到底想说什么？”

余斯燃像是做了很大的心理准备，满脸认真地问道：“你左手有几个手指？”

姜芽闻言，总觉得好像在哪儿看到过这句话，一时想不起来，只能十分淡定地配合他回答：“5。”

余斯燃又问：“你有几只眼睛？”

她灵光一现，忽然了然于心，顿时知道他接下来要说的是什么了，于是她努力憋着笑，回答他："2。"

"你有几个嘴巴？"

看着他一本正经的认真样子，她觉得自己有必要配合到底："1。"

最后，他深情地注视着她说："嗯，我也爱你。"

然后，姜芽实在绷不住破功了，哈哈大笑出声。

在他一脸蒙的表情下，她扑了过去，两只手环过他的脖子，两只脚紧紧夹着他的腰身，像只树袋熊。接着她脑袋凑过去，在他脸上啵了一下，笑着说了句："哎，余斯燃同学，你很土耶。"

"嗯？很土？我可以让你听听更土的。"余斯燃没想到自己会被说土，不开心地捏了捏她的脸。

姜芽嗅到了那么一丝阴谋的味道，立刻从他身上跳下来："你脑袋里在想些什么歪主意？"

"想你。"

"……"

她刻意转移话题："我们去吃饭吧，你想吃什么？"

说完她顿感不妙，果然如她所料，余斯燃回了她一句："痴痴地望着你。"

姜芽无奈仰天，谁能告诉她为什么余斯燃现在才受到土味情话的茶毒？

2. 大醋坛子

余斯燃如往常般在英文影视赏析课铃声响起的前一分钟牵着她走进教室，照例环顾四周，姜芽闲得无聊也跟着他环顾了教室一圈。

“咦，娃娃脸男生呢？”她好奇地嘟囔了一声。

余斯燃黑着脸看向她：“你怎么好像有些失落呢？”

她立马否认三连表示无辜：“我不是，我没有，别瞎说啊。”

余斯燃笑着摸摸她头发，语气威胁似的强调道：“最好是。”然后，牵着她在倒数第四排的空位坐下。

上课铃声准时响起，娃娃脸男生踩着铃声走进教室，然后在余斯燃座位边站定，满是歉意地说：“不好意思，今天起晚了。”

姜芽看着娃娃脸男生在余斯燃身边坐下，努力憋着笑，状似无意地瞧过去，故作惊讶地向他打招呼：“嗨，好巧。”

余斯燃身子微微一偏，背挺得笔直，挡住了她的视线，眼神警告她：你再说话我就把你拖出去。

她乖巧地翻开课本，规规矩矩，眼角余光暗中观察余斯燃的动向，然后听到了以下对话内容：

娃娃脸男生：姜芽，可以借一下你的马克笔吗？

余斯燃：没有。

娃娃脸男生：姜芽，你这一页做了笔记吗？

余斯燃：没有。

……

娃娃脸男生：你有女朋友吗？

余斯燃：没有。

娃娃脸男生笑了，姜芽愣住了。她小心翼翼地看向余斯燃，只见他冷笑了一声，说："我有老婆。"

3. 谁拉谁的小手

临近元旦节，姜芽要回梧桐镇陪爷爷奶奶一起过元旦。余斯燃声情并茂地表达了自己的"孤苦伶仃"，非要跟着她一起去，她实在拗不过，最后带着他一起回了梧桐镇。

姜芽没想到奶奶竟然对他还有印象，在听她介绍两人是同校同学后，抓着人家的手笑得一脸开心："这不是暑假的那个小伙子吗？和我家豆豆挺有缘分啊。"

余斯燃极其配合地回道："和豆豆确实很有缘分。"

余斯燃不仅嘴甜哄得奶奶笑了个满怀，又主动陪爷爷下了好几盘棋。总而言之，深得两个老人家的欢心，并且成功在晚饭时间被邀请和他们一起吃饭。

奶奶夹了一块排骨放进她碗里，语重心长："豆豆，要和阿燃好好相处，不要耍小孩脾气。"

"你说了？"姜芽咬牙切齿看向余斯燃。

余斯燃摇头，表示无辜。

奶奶嫌弃地瞥了她一眼："你都拉人家小手了，不就是想暗示我你谈恋爱了吗？"

姜芽手上的筷子"啪"地掉在了桌子上，她什么时候拉他的手了？怎么就还成暗示了？

余斯燃提醒她："厨房外。"

她顺着他的提醒回忆了一下，猛地记起来，更是气得想捶人。明明是他先牵的她的手，怎么就成她拉他的小手了？

"你怎么跟电视剧里那大猪蹄子一样？"

姜芽闻言，差点惊掉下巴，她不只是惊讶奶奶何时知道的"大猪蹄子"这个词，更震惊的是她竟然被说是"大猪蹄子"。

余斯燃宠溺地摸了摸她的头，对着奶奶语气温柔地说："奶奶，我没关系，都是一家人，占点便宜没事。"

短短一天时间，她倒更像新来的了。姜芽气不打一处来，右手偷偷伸到桌下拧了一把他大腿上的肉，然后脸上保持微笑，给他夹了一碗满满的青菜："多吃点。"

4. 喜欢和爱

从密室逃脱回去后，姜芽忍不住问他："你为什么要表白两次？"

他使力捏了捏她的掌心，闷闷地回道："上次太急没准备好。"

姜芽在脑海里对比了一番上次的星星基地和这次的密室逃脱，最大的不同点好像就是多了一群电灯泡，她笑着打趣他："你该不会是有了危机感吧？"

"你男朋友这么优秀，你才应该有危机感。"

姜芽挽着他的胳膊，配合地直点头："是是是。"

余斯燃对待其他女生一直都是谦逊有礼且疏离的态度，这方面她一向对他很放心。

"别人表白都是'我爱你'，你怎么两次都是'我喜欢你'？"她故作不开心，撇撇嘴控诉道。

余斯燃站到她面前，微微弯腰，直视她的眼睛，认真地说："豆豆，喜欢和爱不一样，我希望一年后，三年后，五年后，能对你说'我爱你’的还是我。”

姜芽双眼不由得蒙上了一层雾气，她伸手紧紧环抱住他的腰：“我们一定一定会一直在一起。”

5. 你不知道的事

姜芽刷到一条微博，上面说一对情侣在纸上写下一件对方不知道的事情，然后一起埋下，等到结婚那天再打开。她饶有兴趣地转述余斯燃，强硬地拉着他一起写。

她本以为余斯燃是被她逼迫着写的，定会随便敷衍过去，却没想到他写得格外认真。好几次她想要偷偷瞄一眼，都被他挡了回去。

直到大学毕业后，他们结婚那一天，她才看到他写的那张字条。上面写着：其实，是我先动了心。

姜芽一直以为，是她先喜欢上的他，却没想到余斯燃比她喜欢的要更早。

7 月 5 日，余斯燃在梧桐镇住下的第 4 天，他在客栈的后院里见到了一边哭一边自拍的姜芽。

他当时就在想，哪个女孩子自拍的时候不是开开心心地凹造型，这个女孩子怎么哭得一脸狼狈。他看着她粗鲁地擦干眼泪笑着跑向奶奶，和之前的小哭包恍若旁人，脸上挂着灿烂的笑容，让人忍不住想要去靠近，去了解。

初见时的好奇让他不自觉地想要主动靠近她，然后他很快就等到了机会，喜欢地一发不可收拾。她可爱，笑容明媚，一切都如预想的那般。

他们像个幼稚的小孩，跌跌撞撞而又努力地向对方靠近，然后共许一个明媚的未来。

Extra 02

其实我也在悄悄喜欢你

程桉从来没想过这一天会来得这么快，她开心的事、难过的事，第一个想到要分享的人不再会是他了。

他甚至幼稚地想过，如果先表明心意的是他，现在站在姜芽身边的会不会是自己。可爱情从来没有先来后到，错过就是错过了。

他们七岁便相识，因为同班，两家又住得近，于是两个人每天早上一起上学，晚上放学一起回家，然后搬个小板凳围着小桌子一起做作业。

他们幼稚地比过身高，比过成绩，比过谁嗑瓜子最快，也曾为了一道题争得面红耳赤，也曾因为一根冰糖葫芦冰释前嫌。他习惯了和她作对，和她打闹，就连喜欢好像也成了一件水到渠成的事。

他和她抢爷爷奶奶，开玩笑拿自己的爸爸妈妈和她换；他以督促她好好学习为借口，赶掉她所有的追求者；他拼命学习日语，只因为她有一段时间爱上了日剧和日漫。

如今，一晃已经过了 11 年。

他本打算在省联赛拿到冠军后就向她表明心意，却没想到先等来了她恋爱的消息。她开心地说，他是她第一个通知的人，他一时不知道是该高兴还是难过。高兴的是，他在她心里占有重要的一席之地；难过的是，他喜欢的姑娘心有所属，以后陪着她一起哭一起笑的是别的男人。

当他听说她在贴吧被人黑了后，火急火燎地找人帮忙删帖子，却得知一个叫“余斯燃”的男生已经赶在他之前解决了这件事。他才猛地意识到，原来不知不觉中已经不止他一个人在保护她，难怪她说起喜欢的人时眼里仿佛闪着星星。

“程桉，有些习惯终究得改。”陆颜之一针见血。

程桉从回忆中抽离出来，看向眼前的女生。一头干脆利落的短发，天气已经转凉，还总把袖子撸得老高。

陆颜之是他田径队一个学长的妹妹，自从有一回他不小心用篮球砸到她后，她就时不时跑来学校找他。明明没认识多久，她却好像总能轻而易举看透他的想法。

“程桉，我要喝可乐，冰镇的。”陆颜之将袖子放下，摇了摇手上的空瓶子。

“你是帮了我的忙，可不代表我什么都要听你的。”

前几天，他请她帮忙冒充自己的女朋友，去参加姜芽的脱单饭局。当时也说不清为什么一定要找个假女朋友，也许是为了打消姜芽的疑虑吧，但是却因此欠了这个聒噪的陆颜之一个人情。

“真小气。”陆颜之走了两步，把瓶子对准正前方的垃圾桶口扔了出去，瓶子转了两圈准确掉了进去。

“程桉，你知道忘记一段感情最快的办法是什么吗？”她转过身低头踩了踩地上的石子，突然抬头，认真看着他问道。

“那就是开始一段新的感情，你觉得我怎么样？”

程桉顿了顿，回答：“不怎么样，你太吵了。”

陆颜之也不生气，踢了踢石子，转身走人，边走边挥手：“没关系，来日方长。”

Afterword

酸甜苦辣，细水流长，大家跌跌撞撞成长

许多人的青春里都有过一场无疾而终的暗恋。

写这个故事的时候，我一直在想，青春不是小说，我想尽可能地让这个故事更贴近现实一些。

姜芽有着现实中很多小女生普遍拥有的小心思，她遇见喜欢的人会别扭、会纠结，会在心里胡思乱想。她表面大大咧咧实际上心思细腻，只有在熟人面前才能最大限度地展现真实的自己。面对自己热爱的事情时，她自信满满，无所畏惧。“一紧张就会打嗝”这个设定更像一个关卡，只有成功通关，她就能变得足够自信。

余斯燃，则是典型的“两面派”，对着陌生人永远是一副礼貌谦逊的样子，挑不出任何毛病。他把什么事情都看得很明白，但也会有执拗过不去的地方。他在姜芽面前会卸下所有伪装，会傲娇，会变得小幼稚，和青春期的男生一样会想尽法子招惹自己喜欢的人。

写完后，我偶尔会担心，这个故事没有大波大浪太过平凡普通，没有人喜欢怎么办?

可细细想来，青春不就是这样吗？酸甜苦辣，细水流长，大家跌跌撞撞成长。

希望看见这个故事的人，能够有所共鸣，多一分自信，勇敢追爱。我始终相信，每个人都有独属于自己的魅力，终有一天会闪闪发亮。

感谢大鱼给我这个机会，让我在写作这条路上收获了更多信心，走得更加坚定。

感谢我的编辑——橘子大可爱，虽然她总说自己是一个没有感情的催稿机器，但是她真的超级超级好！（绝对发自肺腑！）无比懒惰的我经过她一次又一次的鞭策，终于在四月的尾巴上完成了这个故事。同样有写作梦想的朋友千万不要手软，努力追梦，把稿子砸向大鱼，砸向橘子！（我绝对没有收广告费！）

感谢每天催我开房间二人世界但是从来不码一个字的李雨荷，

感谢天天说我的文散发着浓浓乡土气息的蓝莓同学，感谢时不时嫌弃我变相给我鼓励的二乔，还有那些一如既往给我加油打气的朋友们，是你们，让我在这条路上不曾感到孤独。

最后的最后，希望看到现在的你们，能够有所爱，能够发现自己的闪光点，成为想要成为的自己。

图书在版编目（CIP）数据

他总爱招惹我 / 言姝著. -- 贵阳：贵州人民出版社, 2020.3

ISBN 978-7-221-15872-7

Ⅰ. ①他… Ⅱ. ①言… Ⅲ. ①长篇小说－中国－当代Ⅳ. ①I247.5

中国版本图书馆CIP数据核字(2020)第008800号

他总爱招惹我

言姝／著

出版统筹：陈继光
选题策划：大鱼文化
责任编辑：胡　洋
特约编辑：杨吉晨
装帧设计：颜小曼　西　楼
封面绘制：棱-Edge
出版发行：贵州人民出版社（贵阳市观山湖区会展东路SOHO办公区A座　邮编：550081）
印　　刷：长沙鸿发印务实业有限公司
开　　本：880×1230毫米 1/32
字　　数：170千字
印　　张：9.125
版　　次：2020年3月第1版
印　　次：2020年3月第1版
书　　号：ISBN 978-7-221-15872-7
定　　价：36.80元

贵州人民出版社微信